Chica conoce chico

Ali Smith

otraslatitudes

Chica conoce chico

Ali Smith

Traducción de
Magdalena Palmer

Nørdicalibros
2022

Título original:

Ali Smith, 2007
Publicado por acuerdo con Canongate Books Ltd, 14
High Street, Edimburgo EH1 1TE

De la traducción: Magdalena Palmer

De esta edición: Nórdica Libros, S. L.
Doctor Blanco Soler, 26 - CP: 28044 Madrid
Tlf: (+34) 917 055 057 - info@nordicalibros.com
www.nordicalibros.com

Primera edición en Nórdica Libros: mayo de 2022

ISBN: 978-84-19320-04-9

Depósito Legal: M-12007-2022

IBIC: FA

Thema: FBA

Impreso en España / *Printed in Spain*

Imprenta Kadmos

(Salamanca)

Diseño de colección: Filo Estudio e Ignacio Caballero

Maquetación: Diego Moreno

Corrección ortotipográfica: Victoria Parra y Ana Patrón

Τάδε νυν ἕταιραις
ταῖς εμαισι τέρπνα κάλως ἀείσω.

para Lucy Cuthbertson

para Sarah Wood

Muy lejos, en otra categoría, lejos
del esnobismo y del oropel donde
se han enredado nuestros cuerpos y almas,
se forja el instrumento del nuevo amanecer.
E. M. Forster

Es propio de un mundo estrecho
desconfiar de lo indefinido.
Joseph Roth

Pienso en la diferencia entre historia y mito.
O entre expresión y visión. La necesidad de narrar
y la necesidad simultánea de escapar de
la prisión del relato: distorsionar.
Kathy Acker

El género no debería concebirse
como una identidad estable...
sino más bien como una identidad
que se constituye sutilmente con el tiempo.
Judith Butler

Practicar solo imposibilidades.
John Lyly

yo

Y ahora os hablaré de cuando yo era una chica, dice nuestro abuelo. Es sábado por la noche; los sábados siempre nos quedamos en casa de los abuelos. El sofá y las sillas están arrinconados contra la pared. La mesita de teca que suele ocupar el centro de la sala está debajo de la ventana. Hemos despejado el suelo para practicar las volteretas adelante y atrás, los malabares con naranjas y huevos, la rueda, el puntal y andar sobre las manos haciendo el pino. Nuestro abuelo nos sostiene por las piernas, bocabajo, hasta que conseguimos mantener el equilibrio. Nuestro abuelo trabajaba en un circo antes de conocer a nuestra abuela y casarse con ella. Una vez hizo el puntal en lo alto de una pirámide de equilibristas que también estaban haciendo el puntal. Y además había cruzado el Támesis sobre la cuerda floja. El Támesis es un río de Londres que está a ochocientos cuarenta y ocho kilómetros de aquí, según el gráfico de distancias de la guía RAC que tenemos en casa, entre los libros de nuestro padre. ¿Fue el Támesis?, dice nuestra abuela. ¿No eran las cataratas del Niágara? Ah, el Niágara, dice nuestro abuelo. Esa es otra historia que contar.

Estamos en el momento posterior a la gimnasia y antes de que empiece *Blind Date*. A veces, después de gimnasia, toca *The Generation Game*. En tiempos pasados *The Generation Game* había sido el programa favorito de nuestra madre, mucho antes de que naciéramos, cuando ella era pequeña, como nosotras ahora. Pero nuestra madre ya no está, y además preferimos *Blind Date*, donde todas las semanas, sin falta, un chico elige a una de entre tres chicas, y una chica elige a uno de entre tres chicos, con una pantalla de por medio y la ayuda de Cilla Black. Luego los elegidos del programa de la semana anterior vuelven y hablan de su cita a ciegas, que suele haber ido fatal, y siempre hay la emoción de si la cosa acabará en boda, que es como llaman a lo que pasa antes de divorciarse, y de si Cilla Black tendrá que comprarse un sombrero nuevo para asistir a la ceremonia.

Pero entonces ¿qué es Cilla Black, un chico o una chica? No parece ni una cosa ni otra. Puede ponerse en el lado de la pantalla donde están los chicos, si quiere; y también puede irse al otro lado, con las chicas. Puede pasar de un lado a otro como por arte de magia, o como si fuera una broma. El público siempre se ríe encantado cuando hace eso.

Estás siendo ridícula, Anthea, dice Midge con cara de suficiencia.

Cilla Black es de los años sesenta, dice nuestra abuela, como si eso lo explicara todo. Es sábado por la noche, después de cenar y antes del baño. Siempre es emocionante sentarse en sillas que no ocupan su lugar habitual. Midge y yo estamos sentadas encima de nuestro abuelo, una en cada rodilla, y los tres, embutidos en la butaca arrinconada, esperamos a que nuestra abuela también se siente. Ella acerca su propia butaca a la estufa eléctrica. Aparta la mesita de centro con el peso de todo el cuerpo para poder ver los resultados del fútbol en la tele. No le hace falta el volumen para eso. Luego ordena las revistas de la repisa inferior de la mesita y después se sienta. Nuestras tazas de té humean. Aún tenemos en la boca el sabor de las tostadas con mantequilla. O eso supongo, pues todos hemos comido la misma tostada, bueno, diferentes partes de la misma tostada. Luego empiezo a preocuparme. Porque ¿y si todos notamos un sabor distinto? ¿Y si cada trocito de tostada tiene un sabor diferente? A fin de cuentas, los dos bocados que me he comido no sabían exactamente igual, para nada. Paseo la vista por la sala, de una cabeza a otra. Luego vuelvo a saborear el sabor en mi boca.

¿Nunca os he hablado de esa vez que pasé una semana en la cárcel cuando era una chica?, dice nuestro abuelo.

¿Por qué?, digo yo.

Por decir que eras una chica cuando no lo eras, dice Midge.

Por escribir palabras, dice nuestro abuelo.

¿Qué palabras?, digo yo.

NO HAY VOTO, NO HAY GOLF, dice nuestro abuelo. Nos encarcelaron porque mi colega y yo escribimos esas palabras con ácido en el campo de golf. ¿Para qué quiere ácido una chiquilla como tú?, me había preguntado el droguero cuando fui a comprarlo.

Abuelo, basta, dice Midge.

¿Para qué quiere una chiquilla como tú quince botellas de ácido?, me preguntó el droguero. Y le dije la verdad, idiota de mí. Quiero usarlo para escribir unas palabras en el campo de golf, le dije, y él me lo vendió, sí, pero luego fue a la comisaría y le contó a Harry Cathcart quién había estado en su tienda comprando un montón de ácido. Aunque nos enorgulleció que nos encarcelaran. Me enorgulleció que vinieran a detenerme. Les dije a todos en comisaría: hago esto porque mi madre no puede escribir su nombre con palabras, ni mucho menos votar. Vuestra bisabuela escribía su nombre con varias equis. X X X. Mary Isobel Gunn. Ah, y cuando fuimos a la Marcha del Barro fue increíble, dice nuestro abuelo. Se llamaba la Marcha del Barro porque… ¿por qué?

Porque había barro, le digo.

Porque el barro nos manchó los bajos de las faldas, dice mi abuelo.

Abuelo, dice Midge. No.

Tendríais que haber oído la mezcla de acentos que había allí, éramos como una gran bandada de aves distintas, todas en el cielo, todas cantando al unísono. Mirlos y pinzones y gaviotas y tordos y estorninos y vencejos y avefrías, imagináoslo. Llegamos de todas partes, de Mánchester, de Birmingham, de Liverpool, de Huddersfield, de Leeds, todas las chicas que trabajaban en el ramo textil, porque eso es lo que hacíamos la mayoría, tejidos, y de Glasgow, de Fife, incluso de aquí arriba. Pronto les asustó tanto nuestra marcha que hicieron nuevas leyes contra nosotras. Dijeron que solo podíamos manifestarnos en grupos de doce como máximo. Y que cada grupo de doce chicas tenía que estar a cincuenta metros de distancia de cualquier otro grupo de doce chicas. ¿Y qué creéis que nos lanzaban mientras nos manifestábamos, qué creéis que nos lanzaban cuando hablábamos ante las multitudes que se habían congregado para escucharnos?

Huevos y naranjas, digo. Barro.

Tomates y cabezas de pescado, dice Midge.

¿Y qué arrojamos a la Tesorería, al Ministerio del Interior, al Parlamento?, dice él.

Cabezas de pescado, digo yo.

La idea de lanzar cabezas de pescado a edificios oficiales históricos me parece muy divertida. Mi abuelo me sostiene más fuerte.

No, dice. Piedras, para romper las ventanas.

Eso no es muy refinado, dice Midge desde el otro lado de la cabeza del abuelo.

Pues resulta, señorita Midge…, dice nuestro abuelo.

No me llamo Midge, dice Midge.

Pues resulta que sí éramos muy refinadas. Arrojábamos las piedras dentro de unas bolsitas de lino que habíamos cosido a mano expresamente para meter las piedras dentro. Así de refinadas éramos. Pero eso no importa. Da lo mismo. ¿Me escucháis? ¿Preparadas?

Allá vamos, dice nuestra abuela.

¿Os he hablado de esa vez que fui importante de verdad, que fui imprescindible para sacar furtivamente del país a la mismísima Lily la Incendiaria, la famosa chica del noreste que quemaba edificios?

No, digo yo.

No, dice Midge.

Bien, pues os lo contaré. ¿Lo cuento?, dice nuestro abuelo.

Sí, digo yo.

Vale, dice Midge.

¿Estáis seguras?, dice él.

¡Sí!, decimos juntas.

Lily la Incendiaria era famosa, dice nuestro abuelo. Era famosa por muchas cosas. Era bailarina y también era muy pero que muy guapa.

Siempre fijándose en las mujeres, dice nuestra abuela con la vista clavada en el televisor.

Y un día, el día que cumplió veintiún años, el día en que la hermosa (aunque no tan hermosa como vuestra abuela, naturalmente), el día en que la hermosa Lily alcanzó la mayoría de edad —que es lo que pasa el día que cumples veintiún años—, se miró en el espejo y dijo: me he hartado. Voy a cambiar las cosas. Así que salió sin más a la calle y rompió una ventana como regalo de cumpleaños.

Un regalo ridículo, dice Midge. Yo pediré un Mini Cooper para el mío.

Pero pronto decidió que romper ventanas, aunque era un buen principio, no bastaba. De modo que empezó a incendiar edificios, edificios sin gente dentro. Eso funcionó. Consiguió que le prestaran atención. Y siempre la enviaban a la cárcel. Y allí, en la cárcel, en su celda, ¿sabéis lo que hizo?

¿Qué?, dice Midge.

Dejó de comer, dice nuestro abuelo.

¿Por qué?, digo, y al decirlo vuelvo a notar el sabor de la tostada en la boca.

Porque era como anoréxica, dice Midge, y se había visto en demasiadas fotos en las revistas.

Porque no podía hacer nada más, me dice nuestro abuelo por encima de la cabeza de Midge. Era lo que todas hacían entonces, como forma de protesta. Todas lo habríamos hecho. Yo lo habría hecho. Y también vosotras.

Yo no, dice Midge.

Tú sí. Lo habrías hecho, si era lo único que podías hacer. Y entonces obligaron a Lily la Incendiaria a comer.

¿Cómo?, digo. No puedes *obligar* a comer a alguien.

Le metieron un tubo en la garganta y metieron comida por el tubo. Pero introdujeron el tubo por el canal equivocado de la garganta, se lo metieron en la tráquea, por error, y le bombearon la comida directamente a los pulmones.

¿Por qué?, digo yo.

Ay, dice Midge.

Rob, dice nuestra abuela.

Tienen que saberlo, dice nuestro abuelo. Es verdad. Pasó de verdad. Lo de meterle el tubo por la tráquea hizo que se pusiera muy enferma y tuvieron que sacarla de la cárcel porque casi se muere, y eso habría dejado en muy mal lugar a la policía, a la cárcel y al Gobierno. Pero cuando Lily la Incendiaria mejoró, aprobaron una nueva ley que decía: en cuanto una de esas chicas recupere la salud fuera de la cárcel y no vaya a morirse aquí, bajo nuestra custodia, lo que daría la impresión de que nosotros la habíamos matado, podemos volver a arrestarla.

Pero ¿sabéis qué?

¿Qué?, digo yo.

¿Qué?, dice Midge.

24

Lily la Incendiaria siguió escabulléndose. Siguió haciendo de las suyas sin que la trincasen. Siguió incendiando edificios vacíos.

Era una chalada, dice Midge.

Ojo, solo edificios vacíos, dice nuestro abuelo. *Nunca pondré en peligro ninguna vida humana, salvo la propia*, dijo Lily. *Cuando entro en un edificio, siempre aviso a gritos, para asegurarme de que no hay nadie. Y seguiré haciéndolo todo el tiempo que haga falta hasta que las cosas mejoren.* Eso es lo que dijo en el tribunal. Utilizó muchos nombres distintos en los tribunales. Lilian. Ida. May. Lo que os cuento pasó antes de que fuera fácil saber qué aspecto tiene la gente, como hoy en día, por lo que ella se les podía escurrir de entre los dedos, como hace el agua si intentas atraparla con la mano. Todo esto pasó antes de que utilizaran vídeos y fotos, como hacen ahora, para saber quién es todo el mundo.

Yo levanto la mano, cerrada en un puño. La abro, luego la cierro.

Y ella siguió haciendo lo mismo, dice el abuelo. Y la policía siempre la perseguía. Y a la próxima, lo sabíamos muy bien, seguro que Lily moriría, moriría si volvían a atraparla, porque estaba demasiado débil para seguir negándose a comer. Y un día, ¿me estáis escuchando?

Sí, decimos.

Un día, dice nuestro abuelo, un día una de nuestras amigas vino a mi casa y me dijo: Mañana tendrás que disfrazarte de recadero.

¿Qué es un recadero?, digo yo.

Chist, dice Midge.

Yo era menuda, dice nuestro abuelo, tenía diecinueve años pero podían echarme doce o trece. Y tenía aspecto de chico.

Claro, dice Midge. Porque *eras* un chico.

Chist, digo yo.

Comprobé las prendas de ropa que esa amiga me había traído en una bolsa, dice nuestro abuelo, y estaban bastante limpias, no olían muy mal; olían un poco como a cuero, un poco como huelen los chicos.

Puaj, dice Midge.

¿Cómo huelen los chicos?, digo yo.

Me pareció que eran de mi talla. Y, voilà, así fue. Me las puse a la mañana siguiente y subí a la camioneta de reparto que se detuvo justo delante de mi puerta. La chica que conducía la camioneta se bajó y un chico se puso al volante, y ella le dio un beso al salir. Antes de meterse en la parte trasera de la camioneta, bajo la lona, la chica me dio una revista de historietas enrollada, una manzana y una bolsa con comida: té, azúcar, una col, algunas zanahorias. Y me dijo: bájate la gorra, mete la cabeza en la revista y empieza a comerte esa manzana en cuanto bajes de la camioneta. Eso hice, hice lo que me decía, abrí la revista al azar y la sostuve delante de mis narices, y los dibujos botaron ante mis ojos durante todo el trayecto. Cuando llegamos a la casa en cuestión, el chico que conducía detuvo la camioneta, la puerta de la casa se abrió y una mujer gritó: ¡Muy bien! ¡Es aquí! Y yo me dirigí a la puerta trasera, que es por donde van los recaderos, con la cara pegada a las historietas, y di dos mordiscos a la manzana, que era grande; las manzanas eran mucho más grandes en aquel entonces, cuando yo era una chica.

Esta vez Midge no dice nada. Está escuchando concentradísima, igual que yo.

Y al entrar en el pasillo de esa vieja mansión me vi en un espejo, pero resulta que no era un espejo, ni tampoco era yo. Era alguien vestido exactamente igual que yo, era un chico muy guapo que llevaba exactamente la misma ropa. Pero él era guapísimo, que es por lo que supe que él no era yo y yo no era él.

Rob, dice nuestra abuela.

Era guapo aunque estaba muy delgado y muy pálido, y me dirigió una sonrisa fabulosa. La mujer que me había conducido al interior de la casa volcó la cesta de comida y todo se desparramó por el suelo, como si la comida le importase un bledo; luego le dio la cesta vacía al chico guapo y me dijo que le diese también la revista de historietas y la manzana. El chico se pasó la cesta ágilmente por el brazo, abrió la revista con esa misma mano y le dio un mordisco a la manzana que llevaba en la otra, y mientras salía por la puerta se volvió y me guiñó el ojo. Y entonces lo vi. Vi que no era un chico, para nada. Era una chica preciosa. La que se había dado la vuelta para guiñarme el ojo era la mismísima y preciosa Lily la Incendiaria, que iba vestida igual que yo.

Nuestro abuelo le guiña el ojo a nuestra abuela. ¿Eh, Helen?, dice.

En tiempos de las tribus celtas, dice nuestra abuela, las mujeres podían votar, existía el sufragio femenino. Siempre hay que luchar para recuperar aquello que has perdido, aunque no sepas que antes lo tenías. Nuestra abuela vuelve la atención al televisor. Por Dios, seis a cero, dice, meneando la cabeza.

Yo quiero el adagio femenino, digo.

Y tenemos esa música, dice nuestro abuelo, gracias a chicas como Lily la Incendiaria. Y ¿sabéis qué, sabéis qué? Aquel día Lily llegó nada menos que hasta la costa, viajó kilómetros y kilómetros hasta el barco que la esperaba, sin que la policía que vigilaba la casa supiese siquiera que se había largado.

Estás chiflado, abuelo, dice Midge. Porque si conseguiste eso, incluso si *hubieras* sido una chica, según esa historia habrías nacido a principios de siglo, y sí, eres viejo y demás, pero no *tanto*.

Querida Midge, mi feroz alma cínica, dice nuestro abuelo. Vas a tener que aprender esa clase de esperanza que transforma las cosas en historia. De lo contrario, no habrá buenas esperanzas para tus grandes verdades ni buenas verdades para tus nietos.

Me llamo Imogen, dice Midge, bajándose de la rodilla de nuestro abuelo.

Nuestra abuela se levanta.

A tu abuelo le gusta pensar que todas las historias del mundo son suyas y que por tanto puede contarlas, dice.

Solo las importantes, dice nuestro abuelo. Solo las que necesitan contarse. Algunas historias necesitan contarse más que otras. ¿A que sí, Anthea?

Sí, abuelo, le digo.

Sí, ya, dijo Midge. Y luego saliste y tiraste una piedra a la ventana de la cocina, ¿te acuerdas?

Señaló la ventana, la que teníamos justo delante, con su jarrón de narcisos y sus cortinas que Midge había ido a buscar nada menos que a Aberdeen.

No, le dije. No me acuerdo de eso. No me acuerdo de nada. Lo único que recuerdo es algo del programa *Blind Date* y que siempre había tostadas.

Las dos miramos la ventana. Era la misma ventana pero también distinta, naturalmente; quince años distinta. No parecía haberse roto nunca, ni siquiera haber sido distinta de lo que era ahora.

¿Se rompió?, dije.

Sí, se rompió, dijo Midge. Claro que se rompió. Así eras tú de pequeña. Tendría que haberles dicho que lo incluyeran en tu evaluación psicológica para Pure. Muy sugestionable. Irremediablemente rebelde.

Ja, dije, lo dudo. No soy yo la sugestionable. Señalé la casa con la cabeza. Porque, a ver, ¿quién se ha comprado una moto que vale miles de libras porque tiene pintada la palabra REBEL?

No la compré por eso, dijo Midge, y mientras lo decía todo el cuello hasta las orejas se le puso tan colorado como la moto. El precio y la forma eran adecuados. No la compré porque tuviese una estúpida palabra escrita.

Empecé a sentirme mal por lo que había dicho. Me sentí mal en cuanto esas palabras salieron de mi boca. Palabras. Increíble lo que pueden hacer. Porque quizá ahora Midge ya no podría montarse en esa moto con la misma inocencia de antes, y sería culpa mía. Quizá le había arruinado lo de la moto. Y segurísimo que la había molestado, lo supe por la calma con la que hizo valer su autoridad al decirme que no llegara tarde, que mejor no la llamara Midge en el trabajo, sobre todo delante de Keith. Luego, al salir, cerró la puerta de casa con una suavidad que resultó ofensiva.

Intenté recordar quién en Pure era Keith. Todos tenían el mismo aspecto, los jefes con ese leve acento inglés y la cabeza rapada como dictaba la moda. Todos parecían demasiado viejos para llevar ese corte de pelo. Todos parecían casi calvos. Todos parecían poder llamarse Keith.

Oí que Midge retiraba la funda y la doblaba pulcramente, y después oí que se subía a la moto, arrancaba y se iba haciendo mucho ruido.

Rebelde.

Llovía. Ojalá Midge tuviese cuidado con la calzada mojada. Ojalá le funcionasen bien los frenos. Había llovido a diario desde mi vuelta, ocho días sin parar. La lluvia escocesa no es ningún mito, es muy real. Lluvia ocho días a la semana, cielito. *The rain it raineth every day.* La lluvia todos los días diluvia. Cuando era yo mocita, tralarí tralará, soplaba el viento y llovía.

Sí, porque había otra cosa que enfurecía a Midge cuando éramos mocitas, y era que el abuelo siempre le estaba cambiando las palabras a las cosas. Como en ese poema: Si puedes conservar la cabeza cuando a tu alrededor todos. Pierden la suya y te culpan de ello. Si puedes soportar oír la verdad que has pronunciado. Si puedes obligar a tu corazón, tus agallas y tu vigor. Si puedes llenar el minuto inexorable con sesenta segundos inestimables. Tuya es la Tierra y todo lo que hay en ella. Y más aún: serás una mujer, hija mía NO NO NO ABUELO NO RIMA, chillaba Midge plantada en el linóleo, ahí mismo, donde ahora estaba el parqué nuevo, y lo gritaba con una furia prodigiosa: ¡no lo cambies!, ¡has cambiado el poema! ¡No lo recitas bien! ¡Está mal! También me había olvidado de eso. Furia prodigiosa, qué bien suena. Y *Midge, ¿me das ese libro? Te lo daré si dices la palabra mágica, ¿cuál es la palabra mágica?* La palabra mágica era Imogen. *Midge, ¿me puedo terminar tus patatas fritas? Midge, ¿me prestas tu bici? Midge, ¿dirás que lo has roto tú? Sí, si dices la palabra mágica, ¿cuál es la palabra mágica?* Algo en Midge había cambiado. Algo fundamental. Intenté averiguar qué era. Lo tenía delante de las narices y, sin embargo, no podía verlo.

Nuestros abuelos tenían una mesita de teca. Recordé cuánto se enorgullecían de que fuese de teca. A saber por qué. ¿Era la teca algo especial? Hacía mucho que esa mesita de teca ya no estaba. Sus cosas tampoco estaban. No tenía ni idea de adónde se las habían llevado. La única sensación real de que ellos dos seguían aquí era la forma en que la luz entraba por el mismo cristal de la puerta, y la foto enmarcada que Midge había colgado en la pared, cerca de donde antes estaba la puerta de la recocina.

Recocina. Menuda palabra. Una palabra desaparecida, una palabra hundida en las profundidades del mar. Midge había derribado las paredes que separaban la recocina de la sala para hacer un salón enorme. Había instalado calefacción central. Había derribado la pared que separaba el baño de la diminuta habitación donde yo dormía los sábados que nos quedábamos aquí para construir un cuarto de baño más grande; ahora había una bañera donde antes estaba mi cama. Midge había asfaltado el jardín delantero, donde nuestra abuela tenía sus rosas y claveles. Ahora aparcaba la moto allí.

Los abuelos parecían viejos en la fotografía, ahora lo veía. Parecían dos ancianos. Sus facciones eran suaves. Él tenía una cara dulce y delicada, casi de niña.

Ella parecía fuerte, de huesos marcados, como si un joven sonriente de una película de la Segunda Guerra Mundial se hubiese metido en una piel más vieja. Parecían sabios. Parecían personas relajadas, conscientes del poco tiempo que les quedaba. Barco número dos su tiempo se acabó, como decía la canción. Cinco años antes habían ido de vacaciones a Devon. Les dio por comprarse un trimarán en una tienda de embarcaciones y enviaron una nota a nuestro padre. Querido hijo, nos vamos a ver mundo, recuerdos a las niñas, volveremos pronto. Zarparon sin más. No habían navegado en su vida.

Unos locos sabios. Nos enviaron postales desde las costas de España y Portugal. Luego las postales cesaron. Hace dos años nuestro padre vino al norte y colocó en la parcela del cementerio, en la parcela vacía que los abuelos habían comprado antes de que nosotras naciéramos, una lápida con sus nombres y una fotografía, la misma foto que yo estaba viendo ahora, y las palabras escritas en la lápida bajo los árboles, junto al canal, entre el canto de los pájaros y cientos de otras lápidas, sobre el cuadrado de tierra vacío, decían RO-BERT Y HELEN GUNN   QUERIDOS PADRES Y ABUELOS   DESAPARECIDOS EN EL MAR 2033.

A lomos de los delfines. En compañía de las olas.

Y luego mi padre nos dio la casa a nosotras, si la queríamos.

Midge se mudó aquí. Ahora también vivía yo, gracias a Midge. Ahora también yo tenía trabajo, gracias a Midge.

No es que me apeteciera especialmente estarle agradecida a Midge.

Pero había vuelto a casa, tenía un hogar aquí, en Inverness, gracias a ella. Bueno, gracias a *ellos* dos, a cinco brazas de profundidad, las algas meciéndose entre sus huesos desparramados en la arena del fondo marino. ¿Estaba oscuro el fondo del mar? ¿Hacía frío? ¿Llegaba la luz del sol? Los habían secuestrado las sirenas, atrapados por Escila y Caribdis. Cilla y Caribdis. Por eso había pensado en el programa *Blind Date*. Por eso había rememorado lo poco que recordaba de aquellos sábados, las tostadas del sábado, la televisión del sábado. Eso, y los rasgos fijos y fluidos en la pared, de los ancianos, de los sabios.

Ojalá fuese vieja. Estaba harta de ser tan joven, tan estúpidamente consciente, tan estúpidamente desmemoriada. Estaba harta de tener que ser algo. Me sentía como Internet, rebosante de información pero que de nada servía ni importaba, cuyos pequeños enlaces eran como las finas raíces blancas de una planta rota arrancada de cuajo que se marchitaba tirada sobre un costado. Siempre que intentaba acceder a mí, siempre que intentaba clicar en mí para profundizar en el significado de «yo» —es decir, profundizar más que la carga rápida de una página de Facebook o de

MySpace—, era como si supiera que una mañana me despertaría para, al ir a conectarme, descubrir que ya ni siquiera existía *esa* versión de «yo», porque todos los servidores del mundo se habían caído. Así de desarraigada. Así de frágil. ¿Y qué haría entonces la pobrecilla Anthea?

Me refugiaré en un granero, abrigada y a cubierto. Y esconderé la cabeza bajo el ala, pobre desgraciada.

Me pregunté si Midge recordaría esta canción infantil del pajarillo en el granero y la nevada que se avecinaba. Yo la recordaba como algo que cantábamos con nuestra madre. No sabía si era un recuerdo auténtico o si me lo había inventado.

Me senté en el suelo de la cocina. Dibujé con el dedo un cuadrado en el parqué. Vamos. Ponte las pilas. Tendría que estar de camino al trabajo. Tendría que estar de camino a mi nueva jornada en el nuevo Pure. Tenía un nuevo trabajo, un buen trabajo. Ganaría un buen dinero. Todo iba bien. Era una Creativa. Eso es lo que era. Eso es quien era. Anthea Gunn, Creativa de Pure. Creativa Pura.

Pero me quedé mirando la fotografía de mis abuelos, abrazados y con las cabezas juntas, y deseé que fuesen mis huesos los que estuvieran desparramados y limpios, descarnados por los peces, mezclados con los huesos de otro cuerpo, un cuerpo que mis huesos y mi corazón y mi alma hubiesen amado con insondable certeza durante décadas, y que los dos estuviéramos ahora en las profundidades, ajenos a todo salvo al hecho de ser unos huesos desnudos en un oscuro lecho marino. Midge tenía razón. Iba a llegar tarde al trabajo. Ya llegaba tarde.

Midge no. Imogen. (Keith.) (¿Cuál es la palabra mágica?) Al menos mi hermana tenía un nombre shakespeariano. Al menos su nombre significaba algo. En cambio, Anthea… Por Dios.

¿No se suponía que a la gente le ponían nombres de dioses y diosas, de ríos, de lugares importantes, de heroínas de teatro o de novela o de familiares que habían partido antes que ellos?

Subí a mi habitación y me puse ropa adecuada. Bajé. Cogí el paraguas. Me puse la chaqueta. Me detuve a mirarme en el espejo de camino a la puerta. Tenía veintiún años. Tenía el cabello claro y los ojos azules. Era Anthea Gunn, llamada así en honor a una chica del pasado que nunca había visto, una chica que salía en un programa de la tele los sábados por la noche y que siempre le daba un giro a las cosas, que siempre llevaba bonitos vestidos, y que mi madre, cuando era niña, había deseado fervientemente ser como ella de mayor.

Cuando salí a la calle, entristecida, me sorprendió el aire puro y el canto de los pájaros. Esperaba que lloviese pero hacía sol, de pronto hacía tanto sol y una luz

36

tan intensa y primaveral llegaba del río que me acerqué a la orilla y me senté entre los narcisos.

La gente pasaba por arriba. Me miraban como si estuviera loca. Una gaviota patrullaba la barandilla. Me miraba como si estuviera loca.

Era evidente que nadie bajaba a la ribera. Era evidente que nadie debía bajar aquí. Me deslicé hasta la orilla del agua. No llevaba los zapatos adecuados. Me los quité. La hierba estaba muy húmeda. Las plantas de las medias se oscurecieron por la humedad. Destrozaría mi ropa de trabajo.

Había flores en la superficie del río Ness, cerca de la orilla, a mis pies, una fina escarcha de pétalos flotantes desprendidos de los árboles de la catedral. El río estaba bordeado de iglesias, como para demostrar que las personas decentes seguían creyendo en algo. Quizá creyeran. Quizá pensaran que servían de algo todos esos rituales de bodas y bautizos y confirmaciones y funerales, tantos siglos de rezar en sus diferentes iglesias, cada una con el mismo aire frío de las montañas y el estuario, para que las cosas revelaran por fin su sentido, una prueba de que unas manos más grandes que las humanas sostenían el mundo. Yo me contentaría, pensé mientras me sentaba en la hierba húmeda con las manos en el cálido interior de mis zapatos, con saber que el mundo era una baya en el pico de un pájaro, o tan solo un pedacito de tierra verde como esta, pescada de la nada cósmica una preciosa mañana de primavera por alguna criatura insignificante. Con eso me bastaría. Ya me estaría bien. Me conformaría con saberlo con certeza.

El río corría, rápido y negro. Era reconfortante. Ya estaba aquí mucho antes que cualquier ciudad con sus tiendas, sus iglesias, sus restaurantes, sus casas, sus lugareños con todas sus idas y venidas, su astillero, su pesca, su puerto, sus años de guerras para ver quién se llevaba el dinero de todo eso, luego su envío de jóvenes de las Tierras Altas de Escocia al sur para que lucharan en las guerras de la reina Victoria, en barcos, por el canal nuevecito, y luego por los lagos a lo largo de la falla del Gran Glen.

Si quisiera, podría meterme andando en el río. Podría ponerme en pie y dejarme llevar por la inclinación de la orilla. Podría dejar que el viejo y rápido río me tragara, lanzarme como una piedra a sus aguas.

Había una piedra junto a mi pie. Era una piedra local, una piedra de vetas blancas con un resplandor de mica. La tiré al agua en mi lugar.

El río rio. Lo juro. Rio y cambió mientras lo miraba. Mientras cambiaba, permaneció igual. Todo en el río hablaba del tiempo, de lo poco que el tiempo importaba. Miré mi reloj. Joder. Llegaba hora y media tarde. ¡Ja, ja! El río volvió a reírse de mí.

Y yo también me reí, y en lugar de a trabajar fui a dar una vuelta por el nuevo centro comercial.

Ahora teníamos aquí las mismas tiendas de cualquier gran ciudad. Todas las grandes cadenas y las mismas marcas. Eso nos hacía a nosotros, los de aquí arriba, tan buenos como las grandes ciudades de todo el país, fuese cual fuese el significado de «bueno». Pero el centro comercial estaba lleno de personas que compraban con un aspecto de inmensa tristeza y las personas que trabajaban en las tiendas parecían más tristes si cabe, y algunas me miraban mal, me miraban como si yo fuese una amenaza, como si fuera a robar algo, rondando por ahí sin comprar nada a las diez y media de la mañana. Por lo que salí del nuevo centro comercial y me fui a la librería de segunda mano.

Antes la librería de segunda mano había sido una iglesia. Ahora era una iglesia de libros. ¿Cuántos libros cedidos por otras personas podemos hojear sin sentir vértigo? Como ese poema que habla de que nos sentamos a leer un libro y luego lo cerramos y lo dejamos en el estante y quizá, al ser la vida tan corta, moriremos sin volver a abrirlo de nuevo, y sus páginas, cada una de esas páginas encerradas dentro del libro del estante, quizá nunca vuelvan a ver la luz, que es por lo que tuve que marcharme de la tienda, pues el librero me miraba de una forma extraña porque yo hacía lo que me descubro haciendo en todas las librerías, por culpa de ese poema enloquecedor: sacar un libro del estante y abrirlo como un abanico para que todas las páginas vean algo de luz antes de devolverlo a su sitio, y luego cogiendo el siguiente para hacer lo mismo, lo que lleva su tiempo, aunque en las librerías de segunda mano no parece molestarles tanto como en sitios tipo Borders o Waterstones, donde no les suele gustar que les dobles o rompas los lomos de los libros nuevos.

Luego me detuve un momento ante la gran losa incrustada en la acera frente al ayuntamiento, la piedra famosa, la piedra más importante y más antigua de la ciudad, el testimonio más antiguo que tiene como ciudad la ciudad donde me he criado. Se dice que era la piedra donde las lavanderas dejaban sus cestos de ropa cuando iban y volvían del río, o la piedra donde frotaban la ropa para lavarla, no sabía cuál de las versiones era verdad, si es que alguna lo era.

Me sonó el móvil en el bolsillo, y como supuse que llamaban de Pure, y además pensé en Midge, decidí ser buena chica, fuese cual fuese el significado de buena, y me encaminé a Pure subiendo la colina, donde pasé por delante de una gran valla publicitaria que alguien había pintarrajeado con mucha gracia.

Matchmake.com. Consigue lo que quieres. En letra más pequeña, al pie: *Consigue lo que quieres las seis primeras semanas o consigue seis meses gratis como socio.*

Era un cartel rosa enorme, con pequeñas parejas dibujadas delante de casitas, un poco como en el parte meteorológico. En lugar de caras tenían círculos en blanco, pero todas las figuras llevaban uniforme o traje y sostenían objetos para aclarar qué eran. Una enfermera (mujer) y un policía (hombre). Esa era una de las parejas. Un marinero (hombre) y una bailarina de *pole-dance* (mujer). Una profesora (mujer) y un médico (hombre). Un ejecutivo (hombre) y una persona de aspecto artístico (mujer). Un basurero (hombre) y una bailarina (mujer). Un pirata (hombre) y una persona con un bebé en brazos (mujer). Una cocinera (mujer) y un camionero (hombre). La diferencia entre hombre y mujer eran los pechos y el pelo.

Debajo de la línea *Consigue lo que quieres* alguien había escrito, con pintura roja y buena caligrafía: NO SEAS IMBÉCIL: EL DINERO NO LO COMPRARÁ.

Y luego, debajo, como una especie de firma grafitera, una palabra extraña: IFISOL.

Ifisol.

Llegas tarde, dijo Becky de Recepción cuando pasé por delante. Cuidado. Te están buscando.

Le di las gracias. Me quité el abrigo y lo colgué. Me senté. Encendí el ordenador. Entré en Google, escribí la palabra extraña y pulsé Buscar.

Te felicito, Anthea. Por fin has llegado, dijo a mi espalda uno de los calvitos.

¿Adónde?, pregunté.

Aquí, al trabajo, Anthea, dijo. Se inclinó sobre mi hombro. El aliento le olía a café y a maldad. Aparté la cabeza. Llevaba en la mano uno de esos grandes vasos de plástico con tapa, personalizados con el nombre de la empresa. Ponía: Pure.

Estoy siendo sarcástico, Anthea, añadió.

Vale, dije yo. Deseé acordarme de su nombre para poder usarlo continuamente, como hacía él con el mío.

Todo el mundo ha conseguido llegar aquí a las nueve. Hasta las becarias del instituto. Han llegado puntuales. Becky de Recepción. Puntual. Ni siquiera mencionaré a tu hermana como comparación, Anthea.

Qué amable, dije.

El calvito dio un leve respingo, por si me estaba atreviendo a replicarle.

Me preguntaba cuál sería el motivo de que no pudieras cumplir tus obligaciones como sí las cumplen todos los demás. ¿Se te ocurre algo, Anthea?

Su búsqueda —ifisol— no coincide con ningún documento. Sugerencias: Asegúrese de que todas las palabras están escritas correctamente. Pruebe diferentes palabras clave. Pruebe términos más generales.

He estado trabajando mucho en el concepto, dije. Pero tenía que hacerlo fuera de la oficina. Disculpa. Lo siento mucho, eh, Brian.

Ajá, dijo. Bien, te esperamos. El grupo de creativos al completo lleva esperándote toda la mañana, Keith incluido. Ya sabes la presión a la que está sometido Keith en materia de tiempo.

¿Por qué me habéis esperado?, pregunté. ¿Por qué no habéis empezado sin mí? No me habría importado. No me habría ofendido.

Sala de juntas dos, dijo. Cinco minutos. ¿De acuerdo, Anthea?

De acuerdo, Brian.

Se *llamaba* Brian. Gracias, dioses. O, si no se llamaba así, al menos no se había quejado, o le importaba una mierda lo que le decía, o quizá no había escuchado nada de lo que le había dicho.

Bien, señoras y señores, dijo Keith. (Keith tenía acento americano. Aún no me habían presentado a Keith. Keith era el jefe supremo.) Vamos allá. Luces, hum, hum... ¿Imogen? Buena chica. Gracias.

Midge no me hablaba. Me hacía el vacío desde que había entrado en la sala.

Quiero que miréis estas imágenes, dijo Keith. Y quiero que las miréis en silencio.

Hicimos lo que nos decía.

El castillo de Eilean Donan un día nublado. Las nubes se reflejaban en el agua que rodeaba el castillo.

El viejo puente de Carrbridge un día nevado. Una capa de nieve sobre el puente. Abajo, el agua refleja el azul del cielo. Hielo en los bordes.

El lomo de una ballena asomando de unas aguas muy azules.

Un monumento arqueológico con una extensión de aguas azules al fondo.

Un lago en un valle verde sin árboles con un monumento bélico en primer plano.

Una isla que asoma de unas aguas muy azules. Una vaca de las Tierras Altas en un entorno otoñal, y detrás una fina línea de luz en el agua. La ciudad. El río al que había lanzado una piedra poco antes, cruzando el centro. El cielo, los puentes elegantes, las riberas, los edificios de las riberas, sus titilantes dobles invertidos en su reflejo del agua.

Equipo, dijo Keith en la oscuridad. Gracias a todos por estar aquí. El agua es historia. El agua es misterio. El agua es naturaleza. El agua es vida. El agua es arqueología. El agua es civilización. El agua es donde vivimos. El agua es el aquí y el agua es el ahora. Coged el mensaje. Metedlo en una botella. El agua embotellada supone unos beneficios anuales de dos mil millones de libras tan solo en el Reino Unido. El agua embotellada le cuesta al consumidor unas diez mil veces más de lo que le costaría la misma cantidad de agua del grifo. El agua es todo lo que imaginamos en Pure. Pura imaginación. Este es mi tema de hoy. Y aquí viene mi pregunta: ¿cómo embotellamos la imaginación?

Uno de los calvitos se movió en la silla, como si fuera a responder. Keith levantó la mano para acallarlo.

Hace diez años, veintiocho países del mundo sufrían carencia de agua, dijo Keith. En menos de veinte años ese número se habrá doblado. En menos de veinte años, más de ochocientos millones de personas —en efecto, ochocientos millones de personas que, a su modo, son muy parecidas a vosotros o a mí— tendrán problemas de acceso al agua. Luces, por favor. Gracias.

La imagen de nuestra ciudad palideció en la pantalla. Keith estaba sentado sobre la mesa, al fondo de la sala, con las piernas cruzadas como un buda. Nos observó a todos desde las alturas. Aunque yo solo llevaba media semana trabajando aquí, había oído rumores sobre estas reuniones. Becky de Recepción me había hablado de ellas. Al entrar, había que silenciar los móviles. Una de las becarias también las había mencionado, comentando lo raro que fue cuando después de la Charla Creativa de los Martes todos salieron como si estuvieran hipnotizados o heridos. Así fue como la llamó, la Charla Creativa de los Martes. Me había dicho que Keith volaba expresamente hasta aquí para asistir a las reuniones. Llegaba en avión todos los lunes y todos los martes se iba en avión después de la Charla Creativa de los Martes.

De pronto sentí náuseas. Había llegado tarde a la Charla Creativa de los Martes. Quizá el jefe supremo perdería su vuelo de vuelta por mi culpa.

Esa es la razón de que Pure esté aquí, estaba diciendo Keith. Esa es la razón de que Pure se esté expandiendo al sector del agua, ese es el motivo de que Pure esté invirtiendo tantísimo capital internacional y tantísimas expectativas en una localidad tan pequeña como esta. Agua dulce, equipo. Al mundo se le acaba. El cuarenta por ciento de todos los ríos y arroyos de agua dulce están demasiado contaminados para el consumo o el uso humano. Pensad en qué significa eso realmente.

Se incorporó con la espalda muy recta, de pronto silencioso. Todos en la habitación se inclinaron adelante en sus asientos, lápices y Palm Pilot preparados. Noté que yo también me inclinaba. No sabía por qué. Keith levantó las manos un momento, como si quisiera parar el tiempo. Luego habló.

Significa que el agua es el producto perfecto. Porque se acaba. Nunca, nunca jamás, el agua dejará de ser una necesidad apremiante. Así que: ¿cómo lo haremos? Pregunta uno. ¿Cómo embotellaremos nuestro petróleo de las Tierras Altas? Pregunta dos. ¿Cómo lo llamaremos? Pregunta tres. ¿Qué forma tendrán las botellas? Pregunta cuatro. ¿Qué pondrá en la etiqueta de las botellas? Y, finalmente, pregunta cinco. ¿Pondrá algo en los tapones de las botellas? ¡Respuestas, equipo! ¡Respuestas!

Todos escribían frenéticamente y pulsaban teclas. Keith se bajó de la mesa. Empezó a andar de un extremo a otro en el fondo de la sala.

Vuestras ideas tendrán que indicar cuánto nos importa el agua. Tendrán que hacernos saber que a los seres humanos no los gobierna la naturaleza, sino muy al contrario, que ellos SON la naturaleza. Eso es bueno. Ellos SON la naturaleza. Tendrán que incidir en la mentalidad. No solo es necesario que la gente muestre una mentalidad abierta hacia nuestro producto, sino también sugerir que nuestro producto es el que tiene una mentalidad más abierta de todo el mercado. No podemos usar Pureza. Los de Alaska usan Pureza. Ni Transparencia. Los canadienses usan Transparencia. No podemos usar Tierras Altas. Nuestros principales rivales utilizan Tierras Altas. Nuestro nombre tiene que incluir a esos tres. Así que adelante, gente. Dadme un nombre. Necesito un nombre. Necesitamos un nombre para nuestra agua. Vamos. Ideas. Quiero oírlas. Pureza. Transparencia. Tierras Altas. Naturaleza. Poder. Ideas. Ahora. Conceptos. Ahora.

Keith chasqueó los dedos al pronunciar cada palabra.

Fluidez, dijo un calvito agradable sentado a mi lado. Reciclar. El agua es elegante, el agua es grácil, al ser capaz de cambiar de forma y de estado, el agua puede volvernos versátiles...

Bien, dijo Keith, ¡bien, bien! Sigue...

... y en realidad todos estamos compuestos por un setenta y cinco por ciento de agua. Tenemos que sugerir que el agua SOMOS nosotros. Tenemos que sugerir que el agua puede unirnos. Independientemente de nuestras diferencias políticas o nacionales.

Eso es muy muy bueno, dijo Keith. Bien dicho, Paul. Sigue por ese camino.

Todos en la sala miraron a Paul muertos de envidia.

Hacerse la boca agua, dijo el que quizá se llamaba Brian. Como pez en el agua, gritó un calvito llamado Dominic desde la otra punta de la sala. Pronto los tópicos se llevaron el gato al agua. Bailarle el agua. Claro como el agua. Agua que no has de beber. Entre dos aguas. Como dos gotas de agua.

El agua es bienestar, dijo Midge. Estar bien.

Nadie la oyó.

El agua es bienestar, dijo un Creativo desconocido desde el otro extremo de la sala.

Me gusta eso, dijo Keith. Muy bien dicho, Norm.

Vi que Midge bajaba la vista, desanimada, y justo entonces descubrí lo que había cambiado en ella. Lo vi cuando volvió la cabeza y en el movimiento de su muñeca demasiado delgada. ¿Cómo no me había dado cuenta antes? Estaba demasiado flaca. Estaba flaquísima.

La presentación del producto debe subrayar que el agua te vuelve saludable, te mantiene saludable, dijo Dominic.

Quizá comercializarla junto con otros productos de gama saludable, o dentro de un *pack* de equilibrio y bienestar o de relajación dirigido específicamente a mujeres, eso llegaría a las familias, dijo Norm. El agua mantiene sanos a tus hijos.

Buena idea, Norm, dijo Keith.

Ya me había hartado.

Podría llamarse Gozo en un Pozo, dije.

¿Llamarse...?, dijo Keith.

Me miró fijamente.

Todos en la sala se volvieron para mirarme fijamente.

Estoy acabada, pensé. Mi gozo en un pozo.

Podría llamarse Aguas Arriba. Eso lo resume todo bastante bien. O quizá suena demasiado a Manos Arriba. Ya, vale. Podría llamarse Corriente y Moliente. Y en la etiqueta añadir: Porque mejor no ir contracorriente.

La sala quedó en silencio. No era un silencio agradable.

Podría llamarse Grifo Escocés, dije al silencio. Eso es bueno y sincero. Sea cual sea el significado de bueno.

Keith enarcó las cejas. Adelantó la mandíbula.

Transparencia, dijo Midge rápidamente. No es un mal camino, Keith. Podría ser un camino muy muy bueno, ¿verdad?

Un camino de «vamos con la verdad por delante», dijo Paul, asintiendo. Mentalidad abierta. Combina sinceridad y nacionalidad a un tiempo. Sinceridad escocesa. Sinceridad y bondad en la misma botella.

Es toda una declaración de principios, ¿verdad?, dijo Midge. Y eso es tener media botella, o sea, batalla, ganada.

Una declaración que deja claro lo que importa. Si sugerimos que nuestra agua embotellada es una declaración de principios, se convierte en idealismo embotellado, dijo Paul.

Identidad embotellada, dijo Midge.

Política embotellada, dijo Paul.

Me acerqué a la ventana, donde estaba el dispensador de agua. Pulsé el botón y el agua burbujeó al pasar del gran recipiente de plástico al pequeño vaso de plástico. Sabía a plástico. Estoy acabada, pensé. Se acabó. Era un alivio. Lo único que lamentaba era haber molestado a Midge. Había sido bonito, por su parte, lo de intentar salvarme.

Contemplé un pajarito que volaba desde el canalón de la ventana de la Sala de Juntas hasta la rama del árbol que dominaba el inmenso rótulo corporativo de Pure, instalado delante del edificio. La desenvoltura del pájaro me gustó. Me pregunté si ese grupo de personas congregado allí delante, bajo el rótulo de Pure, lo habría visto posarse en el árbol.

Parecía que aquellas personas estaban viendo una obra de teatro. Algunas reían. Otras gesticulaban.

Había un chico, vestido con ropa tradicional escocesa. Estaba subido en lo alto de una escalera de mano, como si se ocupara del mantenimiento del rótulo. Las becarias lo miraban. También lo miraban Becky de Recepción, algunas personas con pinta de viandantes y un par más que reconocí, personas de Pure Comunicación y Pure Recursos Humanos que Midge me había presentado. Paul, el calvito agradable, estaba ahora a mi lado, junto al dispensador de agua. Inclinó la cabeza a modo de disculpa mientras cogía un cono de plástico y lo colocaba bajo el grifo de plástico. Tenía una expresión grave. Era evidente que iban a fusilarme al amanecer.

Entonces Paul miró por la ventana.

Parece que está pasando algo raro con el rótulo de Pure, dijo.

Cuando todos en la Sala de Juntas rodearon la ventana, me escabullí para coger mi abrigo. Apagué el ordenador. Aún no había metido cosas en los cajones de mi mesa, por lo que apenas tuve que llevarme nada. Pasé ante la recepción vacía donde las luces de todos los teléfonos parpadeaban frenéticamente, corrí escalera abajo y salí a la luz del sol.

Hacía un día precioso.

El chico encaramado en la escalera vestía *kilt* y *sporran*. La falda era de un tartán rojo vivo; también llevaba un chaleco negro y una camisa de puños con volantes, cuando me acerqué vi los volantes en sus muñecas. Vi el resplandor del cuchillo en su calcetín. También vi el resplandor de las pequeñas lentejuelas del chaleco y el resplandor de la cadena que sostenía la escarcela. Tenía el pelo largo y oscuro y llevaba tirabuzones como Johnny Depp en *Piratas del Caribe*, pero más limpios. Estaba pintando al aerosol con una preciosa caligrafía roja, justo debajo de la insignia de Pure, las siguientes palabras:

DEJAOS DE IDIOTECES. EL AGUA ES UN DERECHO HUMANO.

VENDERLA EN CUALQUIER FORMA ES INMO

Las becarias aplaudían y reían. Una de ellas cantó: Sople el viento arriba o sople el viento abajo, con mi *kilt* yo avanzo, y todas las muchachas saludan a mi paso. Justo entonces me vieron y saludaron. Yo también las saludé. Alguien de Comunicación hablaba por el móvil. El resto del personal de Comunicación y Recursos Humanos hacía piña con expresión preocupada. Había dos guardias de seguridad al pie de la escalera, impasibles. Uno de ellos señaló el edificio; levanté la vista, pero las ventanas, incluida la ventana por la que yo había mirado poco antes, eran de esas que no dejan ver nada.

Me pregunté si mi hermana me estaría viendo desde ahí arriba. Sentí el impulso de saludar.

RAL., escribió el chico.

Los guardias de seguridad menearon la cabeza, mirándose.

Becky de Recepción me guiñó el ojo y luego dirigió un gesto, con expresión muy seria, a los guardias de seguridad. Todos miramos al chico de piernas largas que concluía, con una serie de arrogantes y expertas florituras, la última palabra al pie de su obra:

IFISOL.

Agitó el aerosol, escuchó el ruido que hacía, pensó si lo guardaba o lo tiraba y luego se lo metió en el bolsillo del chaleco. Sujetó los lados de la escalera, levantó los pies del peldaño en un solo movimiento, los colocó en la cara exterior de los largueros y se deslizó limpiamente al suelo. Aterrizó de pie y se dio la vuelta.

Mi cabeza, algo ocurrió ahí dentro. Fue como un temporal en el mar, pero solo un instante, y solo dentro de mi cabeza. Mi caja torácica, ahí pasó algo segurísimo. Fue como si se desatara de sí misma, como el casco de un barco golpea una roca y se parte, y el barco que yo era se abrió dentro de mí y dejó que penetrara el océano.

Él era el chico más guapo que había visto en la vida.

Pero parecía una chica.

Ella era el chico más guapo que había visto en la vida.

53

tú

.

(Oh, Dios mío, mi hermana es LESBIANA.)

(No estoy disgustada. No estoy disgustada. No estoy disgustada. No estoy disgustada.)

Me estoy poniendo mi pantalón de chándal Adidas Stella McCartney. Me estoy anudando las zapatillas Nike. Me estoy subiendo la cremallera de mi chaqueta de chándal Adidas Stella McCartney. Salgo a la calle como si fuera una persona (normal) que sale a una calle (normal) en un día (normal) de principios de verano del mes de mayo, y voy a correr, que es la clase (normal) de actividad (normal) que la gente hace continuamente.

Bien. Estoy corriendo. Me siento mejor. Noto la calzada bajo los pies. Bien. Bien. Bien.

(Es culpa de nuestra madre, por haberse separado de nuestro padre.)

(Pero si eso fuese cierto, también yo podría ser lesbiana.)

(Bueno, entonces evidentemente no es cierto, no lo es, para nada.)

(Seguro, segurísimo que yo no soy lesbiana.)

(Seguro que me gustan los hombres.)

(Pero a ella también le gustan. Le gustaban. Tenía ese novio, Dave, con quien estuvo siglos saliendo. Tuvo a ese otro novio, Stuart. Y aquel que se llamaba Andrew, y ese novio inglés tan raro, Miles o Giles, que vivía en Mull, y un chico que se llamaba Sammy y había otro llamado Tony, y Nicholas, porque mi hermana siempre tenía novios, siempre tuvo novios desde los doce años, mucho antes que yo.)

Cruzo en el semáforo. Voy a correr lo más lejos posible. Correré a lo largo del río, por las islas, pasaré las pistas deportivas, pasaré el cementerio y luego subiré hacia el canal

(¿es esa la forma adecuada de decirlo, lesbiana? ¿Hay una palabra correcta para eso?)

(¿Cómo sabes si lo eres?)

(¿Sabrá nuestra madre que Anthea lo es?)

(¿Lo sabe nuestro padre?)

(Ser lesbiana, u homosexual, o lo que sea, es de lo más natural. No supone ningún problema hoy en día.)

(Las personas homosexuales son iguales que las heterosexuales, salvo que son homosexuales, claro.)

(Iban de la mano, delante de la puerta.)

(Tendría que haberlo sabido. Anthea siempre fue rara. Siempre fue diferente. Siempre iba a contracorriente. Siempre hacía lo que sabía que no debía hacer.)

(Es culpa de las Spice Girls.)

(Eligió la edición limitada de *Spiceworld* donde salía la Spice Deportista en la carátula.)

(Siempre ha sido un poco demasiado feminista.)
(Siempre ponía ese CD de George Michael.)
(Siempre vota por las chicas en *Gran Hermano* y votó por ese o esa transexual el año que él o ella, o como deba decirse, concursaba.)
(Le gustaba el festival de Eurovisión.)
(Le sigue gustando el festival de Eurovisión.)
(Le gustaba *Buffy, cazavampiros*.)
(Pero también a mí. A mí también me gustaba. Y en la serie salían dos   chicas homosexuales   que eran muy majas, molaba porque una era Willow, que era lista y nos caía muy bien, y su amiga Tara era adorable, y recuerdo un episodio en que se besaban y sus pies se elevaban del suelo y levitaban por el beso, pero cuando hablamos de eso al día siguiente en el colegio teníamos que hacer ruidos como si vomitáramos.)
Cuatro mensajes en el móvil. Dominic.
Q HACES?
VIENS AL PUB?
VEN YA
T NECESTAMOS AKI
(Odio el lenguaje de los mensajes de texto. Es tan degradante.)
(Le responderé cuando vuelva de correr. Diré que me he dejado el móvil en casa y que no he leído el mensaje hasta tarde.)
He bajado a cuarenta y cinco kilos.
Me van bien las cosas.

Estamos revolucionando el mercado del agua embotellada en Escocia.

Eau Caledonia. Les encanta el nombre. Me han subido el sueldo.

Me pagan treinta y cinco mil libras de salario bruto.

Me parece increíble que esté ganando tanto dinero. ¡Yo!

Es evidente que voy por buen camino. El agua es un negocio muy rentable.

(Ella insiste en llamarlos calvitos o algo así, y es injusto por su parte meterlos a todos en el mismo saco. Lo de llevar el pelo tan corto es solo una moda. Los chicos no saben seguir la moda tan bien como las chicas. Los hombres y las mujeres, quiero decir. Anthea se equivoca en eso. Se equivoca)

(estaban cogidas de la mano delante del portal, donde cualquier vecino podía verlas, y entonces vi que Robin Goodman acercaba a mi hermana delicadamente al seto, la espalda contra las ramas, era tan delicada, y)

(y la besaba.)

(Tendría que haberlo sabido, porque siempre le han gustado canciones con letras que dicen tú y yo en lugar de él y yo o él y ella, ya se sabe, en la universidad decíamos que eso era lo que delataba, cuando alguien prefería esas canciones que tienen la palabra tú en lugar de un hombre o una mujer, como ese clásico elepé de Tracy Chapman que nuestra madre se dejó, que siempre escuchaba antes de irse.)

Yo nunca abandonaré a mis hijos después de enamorarme y casarme y parirlos. Los tendré joven, no cuando sea vieja, como hace esta generación egoísta. Dejaría de lado cualquier carrera antes que no tener hijos. Me dejaría de lado. Lo dejaría todo de lado, cualquier estúpido principio político incluido, antes que abandonar a mis hijos. Basta ver cómo acaba la cosa. Menos mal que los tiempos de egoísmo feminista han terminado y ahora tenemos todo lo que necesitamos, como por ejemplo un conjunto de valores mucho más responsable.)

Hace un día precioso para correr. No llueve. Ni siquiera parece que vaya a llover más tarde.

(Mi hermana es lesbiana.)

(No estoy disgustada.) (Estoy bien.)

(Estaría bien, o sea, no me importaría tanto, si fuese la hermana de otra persona.)

(No pasa nada. Muchas personas lo son. Solo que yo no he conocido personalmente a ninguna, nada más.)

Corro junto al río. Soy muy afortunada por vivir aquí en este momento histórico, en esta Capital de las Tierras Altas que pasa por un momento excepcionalmente próspero, que es a día de hoy la ciudad de más rápido crecimiento en todo el Reino Unido gracias al turismo y a los jubilados y pronto también gracias a la boyante industria del agua, de la que formo parte esencial, y que hará historia.

Aquí hablamos el inglés más puro de todo el país. Es por el sonido de las vocales y lo que les pasó cuando a los hablantes de gaélico los obligaron a hablar en inglés después de la rebelión de 1745 y la derrota de 1746, cuando el gaélico se prohibió bajo pena de muerte y todas las chicas locales se casaron con los soldados anglófonos que llegaron.

Si puedo recordar la letra exacta, correcta, de todas las canciones de ese disco horrendo de Tracy Chapman que no oigo desde hace años, diez años como mínimo, seré capaz de correr por lo menos cinco kilómetros más.

Es bueno centrarse en cumplir objetivos. Hace que te olvides de todo lo demás.

Podría ir por el canal, pasar las esclusas y subir hacia la carretera de Beauly y luego dar la vuelta por

(pero Dios santo, mi hermana lleva semanas saliendo con una persona que es una delincuente y que la empresa para la que trabajo llevará a juicio, y no solo eso, sino que es una persona que recuerdo del instituto, una persona, también recuerdo, a quien todos llamábamos   esa palabra   a sus espaldas, y ahora esta persona ha convertido a mi hermana en una de ellas, sí, Una de Ellas. Y, a ver, ¿cómo nos dio por llamar a Robin Goodman   esa palabra   en el instituto? ¿Instinto adolescente? Bueno, nunca lo supe, la verdad.

Creía que se lo decían porque tenía nombre de chico en lugar de nombre de chica. Eso es lo que creía, o a lo mejor porque llegaba en autobús desde Beauly, con los chicos de Beauly; porque venía de otra parte y porque tenía nombre de chico, eso es lo que pensaba. Y por ser un poco diferente, y ¿no decían que la madre de Robin Goodman era negra y su padre blanco, o sería al revés, o era siquiera verdad? No recuerdo que hubiese negros en Beauly y, de haberlos, lo habríamos sabido, todos lo habríamos sabido.)

(No puedo pronunciar la palabra.)

(Dios santo, es peor que la palabra cáncer.)

(Mi hermana pequeña será de mayor una vieja insatisfecha, una mujer depredadora, anormal y reseca como Judi Dench en esa película, *Diario de un escándalo*.)

(Judi Dench interpreta tan bien a esa clase de persona, pensé cuando vi la película; pero eso fue cuando no imaginaba que mi hermana quizá fuera a convertirse en una de ellas y a tener una vida espantosa, sin ningún verdadero amor.)

(A mi hermana pequeña le espera una vida triste y espantosa.)

(Pero vi que Robin Goodman acercaba a mi hermana al seto con tal delicadeza, no hay otra forma de decirlo, y la besaba, y luego vi que, con menos delicadeza, Robin Goodman metía una pierna entre las de mi hermana mientras la besaba, y que no era algo unilateral, que mi hermana también besaba a Robin Goodman y las dos se reían.)

(Se reían con una felicidad intolerable.)

(Los vecinos tienen que haberlo visto. Estaban a plena luz del día.)

(Quizá tenga que mudarme de casa.)

(Bueno, no pasa nada. No pasa nada. Si hay que mudarse, tengo bastante dinero para hacerlo.)

Treinta y cinco mil, un buen dinero para mi edad y para ser una chica, dice nuestro padre, lo que es algo machista, porque el género no tiene nada que ver con que seas bueno en un trabajo o no. No tiene nada que ver con que yo sea mujer o no, que yo sea la única mujer de los diez miembros de la Junta Creativa de Pure Highland se debe a que soy buena en lo que hago.

De hecho, creo que Keith me pedirá que vaya a Estados Unidos para formarme con los Creativos del Campamento Base. ¡Creo que el Campamento Base está en Los Ángeles!

Parece muy satisfecho con la marca Eau Caledonia.

Cree que no solo monopolizará el mercado anglófono sino también una buena parte del mercado francés, que es esencial, pues el mercado francés está muy consolidado en la venta de agua a nivel mundial. Escocesa y también francesa. Bien hecho, me dijo Keith. Les gustaría tenerte en el Campamento Base. Te gustaría aquello.

¡Yo! ¡Los Ángeles!

Pareció que me sondeaba. Me sondeó el martes pasado. Dijo que me gustaría aquello, eso es lo que dijo la semana pasada, que a mí me gustaría, que a ellos les gustaría yo.

Le dije a Anthea que Keith me había sondeado. Ella dijo: ¿Keith te ha sondado? ¿Como en *Urgencias*? Le dije: estás siendo ridícula, Anthea.

(En *Urgencias* también hay ese personaje de la doctora lesbiana cuyas amantes siempre mueren en incendios y cosas así.)

(Las personas homosexuales se mueren continuamente.)

Anthea está siendo ridícula. Le conseguí un buen empleo y ahora está todo el día en casa sin hacer nada. Es muy lista. Está desaprovechando su inteligencia.

(Yo estaba en casa, pensando en posibles marcas de agua. Se me ocurrió MacAqua, pero McDonald's nos demandaría; se me ocurrió Scotteau, llevaba un rato diciendo la palabra *Eau* en voz alta y entonces Anthea pasó por allí mientras yo la pronunciaba y añadió Caledonia. Formamos un equipo tan bueno, formaríamos tan buen equipo, habríamos formado tan buen equipo, Dios mío, mi hermana es una   )

Soy muy afortunada de que Keith me haya sondeado, después del favor que me hicieron en Pure con Anthea. Es tan ingenua, ni se enteró de que había empezado con un sueldo inusualmente alto, es una verdadera suerte que nadie me haya asociado con lo maleducada que fue ese día con el incidente del rótulo de Pure

(que es claramente donde se conocieron. Puede que hasta yo fuera testigo de ese primer momento romántico de su encuentro, el mes pasado: vi por la ventana que esa gamberra raruna bajaba la escalera y hablaba con Anthea antes de que Seguridad se la llevara mientras llegaba la policía. Vi el nombre en los formularios que le hicieron rellenar los de Seguridad. Lo reconocí. Conocía ese nombre de cuando éramos niñas. Esta es una ciudad pequeña. ¿Qué más se puede hacer, en una ciudad pequeña?)

(A menos que ya hubieran intimado y planearan atacar Pure por partida doble, lo que es posible, es decir, ahora todo me parece posible.)

(Todo ha cambiado.)

(Nada es como antes.)

Me he parado. Ya no corro. Solo estoy aquí plantada.

(No quiero correr a ningún lado. No se me ocurre adónde correr.)

(Mejor fingir que tengo un motivo para estar aquí parada. Iré a pararme delante del paso de peatones.)

Quizá la palabra *intimar* tenga algo que ver con intimidar porque resulta que las dos palabras tienen prácticamente las mismas letras.

Estoy en un paso de peatones como una persona (normal) que espera para cruzar. Pasa un autobús. Va lleno de personas (de aspecto normal.)

(Ahora mi hermana es una de las razones de que el propietario de los autobuses Stagecoach iniciara en toda Escocia esa campaña de un millón de libras, donde sale gente en unos carteles diciendo cosas como: «No soy intolerante, pero no quiero que en el colegio enseñen a mis hijos a ser homosexuales» y similares.)

(Ellas se reían. Como si fueran felices. O como si ser homosexual estuviese bien, o fuese divertido, o una pasada, o algo así.)

Estoy corriendo en el mismo sitio sin moverme, para no perder el ritmo.

(Lo de que pusiera esa pierna entre las suyas es lo que no me puedo sacar de la cabeza. No lo puedo olvidar.)

(Es tan…

íntimo.)

Dejo de correr en el mismo sitio. Me detengo en el cruce y miro en una dirección, luego en la otra. No pasa ningún coche. La carretera está vacía.

Pero no me muevo.

(No sé qué me pasa. No puedo cruzar al otro lado de la calle.)

(A mi hermana la prohibirían en las escuelas si fuese un libro.)

(No, porque el Parlamento derogó esa ley, ¿verdad?)

(¿Verdad?)

(No me acuerdo. No puedo acordarme ni de lo uno ni de lo otro. No se me ocurrió que hubiese nada que recordar, ni que considerar, de esa ley en concreto.)

(¿Alguna vez me he fijado, o he considerado, algo al respecto? ¿Debería?)

(Sí. Lo hice. Recuerdo haber leído en el periódico que personas de todo el mundo, y no solo personas sino también Gobiernos en Polonia y en Rusia, pero también en España e Italia, se están volviendo más y más intransigentes con las personas que lo son. Vale, eso es de esperar en Rusia y Polonia. Pero ¿en Italia? ¿En España? Son sitios que se supone que son como aquí.)

(El periódico de esta mañana decía que los adolescentes que lo son tienen seis veces más probabilidades de suicidarse que los que no lo son.)

(No sé qué hacer.)

Estoy parada en el paso de peatones, no pasan coches en ninguna dirección y sigo sin moverme ni cruzar. Me noto un poco mareada. Un poco a punto de desmayarme.

(Cualquiera que me mire pensará que soy muy rara.)

En el pub solo están Dominic y Norman.

¿Dónde has estado, puta inútil?, dice Norman.

No me hables así, le digo.

68

¿No se te puede hacer una broma?, dice. Relájate. ¡Ja, ja!

Va a la barra y me trae una copa de vino blanco.

Te he dicho Coca-Cola Light, Norm, le digo.

Y eso es lo que he pedido.

Ya lo veo.

¿Quieres que la devuelva y lo cambie?, dice Norman.

No, da igual. Me lo beberé, ya que lo has traído.

Te he enviado un mensaje, Madge, dice Dominic.

(Me llamo Imogen.)

¿Ah, sí?, le digo.

Cuatro veces, dice Dominic.

Ah. Es que me he dejado el móvil en casa.

No me creo que no llevaras el móvil encima si te había dicho que iba a escribirte, dice Dominic.

Parece verdaderamente ofendido.

¿No está Paul ni nadie más?, les digo. Creía que venían todos.

Solo nosotros, dice Norman. Tu noche de suerte. Bri vendrá más tarde. Traerá a Chantelle.

Yo siempre traería a Chantelle, dice Dominic.

Yo haría mucho más que solo traerla, dice Norman. Paul es gay, joder. No saldrá un lunes por la noche porque ponen el concurso *University Challenge* en la tele.

Paul no es gay, digo en voz baja.

Paul espera que en el programa de esta noche pregunten por Urano, dice Dominic.

Paul no es gay, repito en voz más alta.

¿Hablas por experiencia propia?, dice Norman.

Una conversación fascinante, respondo.

Pongo cara de aburrida. Espero que funcione.

Dominic no dice nada. Solo se me queda mirando. Me mira de una forma que me hace apartar la vista. Finjo que voy al lavabo de señoras. Entro en la otra sala y llamo a Paul.

Ven al pub, le digo. Intento sonar animada.

¿Quién hay ahí?, pregunta Paul.

Mucha gente, le digo.

¿Están Dom y Norm? Pregunto porque me han dejado un mensaje insultante en el contestador.

Pues... sí. Y yo, digo. Yo estoy aquí.

No te ofendas, Imogen, pero no iré. Son unos gilipollas. Se creen graciosos pero actúan como un par de cómicos cutres. No comprendo qué haces con ellos.

Vamos, Paul. Por favor. Será divertido.

Sí, pero ahora el mundo se divide entre personas que encuentran divertido ver fotos de mujeres follando con caballos y perros en Internet y las que no, dice Paul. Si necesitas que pase a buscarte, me llamas luego.

Paul es muy quisquilloso, pienso cuando pulso el botón de colgar.

No comprendo por qué no puede fingir que le parece divertido, como tenemos que hacer los demás.

(A lo mejor *sí* que es gay.)

¿Y qué me dices de la otra becaria en prácticas?, está diciendo Norman cuando vuelvo. La que no es Chantelle. ¿Qué me dices de practicar con ella? Tengo otras cosas en la cabeza, dice Dominic, mirándome.

Miro por encima de sus ojos, a la frente. No puedo evitar darme cuenta de que Dominic y Norman llevan exactamente el mismo corte de pelo. Norman va a la barra y vuelve con una botella entera de vino. Dominic y él están bebiendo cerveza Grolsch.

No puedo beberme todo eso, le digo. Solo he salido para tomar un par de copas, tengo que volver pronto.

Sí que puedes, dice Norman. Llena la copa por encima de la rayita, la llena hasta arriba, tanto que el vino casi se derrama por la mesa, tanto que para beber tendré que inclinarme y acercar la boca a la copa sin levantarla, o cogerla con un cuidado sobrehumano para no derramar su contenido.

Vamos a comer un curry dentro de un minuto, dice Dominic. Tú también vienes. Bebe rápido.

No puedo, digo yo. Es lunes. Mañana trabajo.

Sí que puedes, dice Norman. Y nosotros también trabajamos, ¿sabes?

Me bebo cuatro copas llenas hasta arriba. Cuando me inclino para beber, se carcajean sonoramente. Al final lo hago así para conseguir ese efecto, hacerlos reír.

En el restaurante, donde todo huele demasiado fuerte y donde las paredes parecen separadas de los rodapiés, hablan de trabajo como si yo no estuviese ahí. Hacen varios chistes sobre pilotos musulmanes. Cuentan un chiste largo y complicado sobre un judío ciego y una prostituta. Luego Brian le envía un mensaje a Dominic diciéndole que no viene. Eso provoca un diálogo a gritos por el móvil sobre Chantelle, sobre la amiga gregui de Chantelle, y sobre si la amiga gregui de Chantelle está ahí ahora mismo con Chantelle para que Brian pueda «mirar». Entretanto, yo sigo sentada en el restaurante que da vueltas, preguntándome qué significa la palabra gregui. Es claramente una palabra que se han inventado. Hace que se rían a carcajada limpia. Ríen con tales carcajadas que la gente que nos rodea nos mira ofendida, y también las personas indias que nos están sirviendo. No puedo evitar reír yo también.

Al parecer la palabra significa, a grandes rasgos, que no creen que la otra becaria lleve suficiente maquillaje para ir a trabajar, aunque tiene dieciséis años y a estas alturas ya debería saber maquillarse, según Norman. Que lleva ropa inapropiada. Que es algo decepcionante.

Que es un poco… greg, dice Dominic.

Creo que empiezo a entenderlo, digo yo.

Tú misma, por ejemplo. Haces ejercicio y demás. Tienes un trabajo de primera, y demás. Pero eso no te convierte en una greg. Esa moto que tienes. A ti te queda bien, dice Norman.

¿De modo que el hecho de tener buena pinta en una moto implica que no soy gregui?, digo.

Los dos se parten de risa.

¿Significa poco femenina?, digo.

Me gustaría verla en plan gregui, dice Norman, mirándome. A ti y a esa hermanita guapa que tienes.

Ríen a carcajadas. Esas carcajadas empiezan a parecerme como si alguien me estuviera lijando el cráneo. Aparto los ojos de la gente que nos está mirando. Bajo la vista al mantel.

Oooh. Le disgusta no saber los términos políticamente correctos de las cosas, dice Dominic.

Gregui gregui gregui. Usa la cabeza, dice Norman. Vamos. Asociación libre.

¿Grogui?, digo. ¿Tiene algo que ver con eso?

Caliente, caliente, dice Norman.

Vamos, dale una pista, dice Dominic.

Vale. Te daré una pista muy gorda. Como ese tipo de la BBC, dice Norman.

¿Qué tipo?, le digo.

El hombre al que echaron por lo de Irak, el que dirigía la BBC hasta que permitió que los periodistas dijeran en las noticias lo que no debían decir, dice Norman.

Hum, digo yo.

¿Eres subnormal o qué?, dice Dominic. Se llama Greg Dyke. ¿Lo recuerdas?

73

¿Te refieres a que la becaria tiene algo que ver con Greg Dyke?, digo yo.

Los dos se echan a reír.

¿Os referís a que esa chica dice cosas que no debería decir?, digo yo.

Tiene más que ver con el apellido, dice Norman.

¿El apellido?

Más pistas, dice Norman. Un apellido de llor*era*. De estar mal de la mo*llera*.

Como esa tarada que se cargó el rótulo de Pure el otro día, dice Dominic. *Dyke*. *Dyke* significa bollera. Es una puta bollera.

(Se me hiela todo el cuerpo.)

Ese juicio, qué ganas tengo de que empiece. Me muero por ir, espero que vayamos todos, dice Norman.

Iremos, dice Dominic. Corriendo. Necesitarán hombres para que algo se le corra ahí dentro.

Es lo que le decía a Brian. Hay que estar listo para meterse, en cuanto se presenta la ocasión.

El periódico de esta mañana decía que la probabilidad de suicidio entre adolescentes homosexuales es seis veces superior que entre quienes no lo son, les digo.

Estupendo. ¡Ja, ja!, dice Norman.

La mirada de Dominic se enturbia. Especie humana, autoprotegerse, dice.

De nuevo se ponen a hablar como si yo no estuviera allí, como hacían cuando hablaban de trabajo.

¿Sabes?, eso es lo que no entiendo, dice Dominic, meneando la cabeza, serio. Porque no pueden hacerlo, o sea, cómo van a poder si les falta eso. Es absurdo. Freud lo definió como un estado de carencia, dice Norman (Norman estudió Psicología en Stirling). Un estado en que falta algo realmente fundamental. Dominic asiente con expresión grave. Exacto, dice. Evidente. Retraso en la adolescencia. Subdesarrollo pronunciado, dice Norman.

Sí, es un caso de subdesarrollo gravísimo, dice Dominic. O sea, aparte de todo lo demás. Aparte de lo raro que es. Lo que me intriga es que no tienen nada que les haga el trabajo. Nada que meter. Y esa es la razón de que la reina Victoria no ilegalizara a las tortilleras.

¿Y eso?, dice Norman.

Lo pusieron en Channel Four. Al parecer, la reina dijo que no existían, que eso no existía. Y tenía razón. Es decir, cuando los hombres, los maricones, lo hacen, en términos sexuales es asqueroso y acaba en pedofilia y demás, pero al menos lo que hacen es sexo de verdad, ¿no? Pero las mujeres. ¿Cómo van a poder? No lo entiendo. Es de chiste, dice Dominic.

Sí, pero no está mal, si tú miras y las dos son follables, dice Norman.

Sí, pero tienes que reconocer que las bolleras de verdad suelen ser muy poco follables, dice Dominic.

(Dios mío, mi hermana, con la que estoy emparentada, es una gregui carente, infollable, subdesarrollada y ni siquiera vale la pena ilegalizarlo.)

(Hay tantas palabras que desconozco para lo que es mi hermana pequeña.)

Dominic y Norman vuelven a reír a carcajadas. Se están abrazando.

Tengo que irme, digo.

No, dicen al unísono, y me llenan el vaso con cerveza Cobra.

Sí, les digo.

Los despisto en el aparcamiento. Me escondo detrás de un coche para que no sepan adónde he ido. Espero hasta que sus piernas, que veo moverse de aquí para allá, desaparecen. Los oigo subir la escalera y los veo vacilar ante el parquímetro de la salida hasta que por fin el que conduce encuentra el tíquet, descifra cómo introducirlo correctamente en la máquina y el coche pasa por debajo de la barrera alzada.

De camino a casa, vomito bajo un árbol, a un lado de la calle. El árbol donde acabo de vomitar está cuajado de flores blancas.

(Retraso adolescente.)

(Tengo catorce años. Denise MacCall y yo estamos en el aula de Geografía. Es la hora del recreo. A saber cómo, hemos conseguido quedarnos en el aula. A lo mejor Denise ha dicho que se encontraba mal, o he sido yo; nos lo montábamos así para no salir al patio. Si llovía o hacía frío, decíamos que nos encontrábamos mal.

Sobre la mesa hay un montón de cuadernos de deberes. Denise los hojea y va leyendo los nombres. Con cada nombre, decimos en voz alta si aprobamos o suspendemos a esa persona, como ese juego que Anthea y yo jugábamos en casa durante la cuenta atrás de la lista de éxitos del programa musical *Top of the Pops*. Hurras para quien nos gusta. Abucheos para quien no.

Denise encuentra el cuaderno de Robin Goodman. Por alguna razón a Denise MacCall le cae fatal Robin Goodman de Beauly, con su oscuro pelo rizado, corto y espeso, su piel también oscura, sus manos largas que la profesora de Música siempre alaba cuando Robin toca el clarinete, y su cara seria, estudiosa y demasiado de sabelotodo. A mí también me cae mal, aunque apenas la conozco. Coincidimos en dos o tres clases, eso es lo único que sé de ella, además de que toca el clarinete. Pero justo ahora me alegra que me caiga mal, porque eso demuestra que soy amiga de Denise. Aunque no estoy segura de que Denise me caiga demasiado bien, o de que ella no me abuchearía si cogiera un cuaderno con mi nombre cuando yo no estuviese en el aula.

Denise y yo escribimos las letras B, O, L, L y O en la cubierta del cuaderno de Robin Goodman con el rotulador negro que llevo en el estuche. O, para ser exactos, yo escribo las letras y Denise dibuja la flecha que las señala.

Luego volvemos a meter el cuaderno entre los otros del montón.

Cuando empieza la clase y Horno Caliente, que es como llamamos a la señorita Horne, la vieja profesora de Geografía, reparte los cuadernos, observamos la reacción de Robin Goodman. Estoy sentada un par de filas más atrás. Veo que sus hombros se tensan, luego caen.

Cuando paso a su lado al final de la clase y echo un vistazo al cuaderno que tiene sobre el pupitre, veo que ha convertido la flecha de Denise en el tronco de un árbol y que ha dibujado cientos de florecitas alrededor de las letras B,O, L, L y O, como si las letras fuesen las ramas del árbol y acabasen de florecer.)

La misma Robin Goodman, diez años después, con su larga melena morena y su cara morena, seria y estudiosa está

(Dios mío)

aquí cuando llego, aquí mismo, en mi casa. La encuentro sentada en el sofá con una taza de té. Lee un libro. Estoy demasiado borracha y mareada para distinguir la cubierta del libro que está leyendo. Me quedo en el umbral, apoyada en el marco de la puerta.

Hola, dice.

(Dios mío y mi hermana también es una)
¿Qué has hecho con mi hermana?, le digo.
Tu hermana está en el baño, responde.
Me siento. Apoyo la cabeza atrás. Tengo ganas de
vomitar.
(Estoy en la misma habitación que una)
Robin Goodman sale de la habitación. Cuando
vuelve, me pone algo en la mano. Es un vaso. Es uno
de mis vasos de la alacena.
Bébetelo, dice, y te traeré otro.
Apenas has cambiado desde el instituto, le digo.
Estás exactamente igual.
Y tú, dice ella. Pero algunas cosas sí que han cam-
biado, por suerte. Ya no somos colegialas.
Aparte de. Tu pelo. Está más largo.
Bueno, han pasado diez años. Algo tenía que cam-
biar.
Yo luego me marché a la univsidad, ¿y tú?
Si te refieres a la universidad, sí, también fui.
Y volviste, le digo.
Como tú, me dice.
¿Sigues tocando el clarnete?
No.
Se hace el silencio. Bajo la vista. Tengo un vaso en
la mano.
Bébetelo, dice.
Me lo bebo. Sabe maravillosamente, a claridad.
Te sentirás mejor, me dice.

Coge el vaso vacío y sale de la habitación. La oigo en mi cocina. Bajo la vista y me sorprende ver que todavía llevo el chándal que me he puesto después del trabajo. No estoy muy segura de dónde he estado. Empiezo a preguntarme si no me habré imaginado toda la noche, si me he imaginado el pub, el restaurante indio, todo.

Esa cocina donde estabas es mi cocina, le digo cuando vuelve.

Lo sé, dice ella, y se sienta en mi sala.

Esta es mi sala, le digo.

Sí, me dice.

(Estoy en la misma habitación que una   )

Robin es la clase de persona a quien no le importa qué viste ni qué aspecto tiene. Al menos hoy lleva ropa normal. Al menos no lleva ese sonrojante atuendo escocés.

¿Esta noche no te has puesto el *kilt*?

Es solo para ocasiones especiales.

La empresa para la que trabajo, Purc Incorporated, va a llevarte a juicio.

Retirarán los cargos, dice.

Ni siquiera levanta la vista del libro. Tengo que mirarme la mano porque está empapada del agua que me he derramado por encima. Levanto el vaso y miro a través de él. Miro la sala por la parte del vaso que tiene agua. Luego miro la misma sala por la parte del vaso sin agua. Luego me bebo el agua.

Eau Caledonia, digo.

¿Quieres otro?

(Estoy sentada en la misma habitación que una)

La rapsoda y la beoda, le digo.

Eso me hace reír. Estas ocurrencias no son propias de mí. Mi hermana es la ocurrente. Yo soy la que sabe las palabras adecuadas, las palabras correctas para las cosas.

Me inclino hacia delante.

Dime la palabra correcta para eso, le digo.

Es agua, dice Robin Goodman.

No, le digo. O sea, ¿cuál es la palabra correcta para alguien como tú? Tengo que saberlo. Tengo que saber la palabra correcta.

Me mira largo rato. Noto que atraviesa mi ebriedad con la mirada. Y luego, cuando habla, es como si toda su mirada hablase.

La palabra correcta para alguien como yo, dice Robin Goodman, es yo.

nosotras

Gracias a nosotras, todo empezó a ir bien. Todo era posible.

Antes de nosotras, desconocía que cada vena de mi cuerpo podía transportar luz, como un río visto desde un tren crea un canal de cielo profundamente esculpido en el paisaje. Desconocía que podía ser mucho más que yo misma. Desconocía que otro cuerpo podía hacerle esto al mío.

Ahora me había convertido en una espoleta andante, como la flor de ese poema impulsada por la fuerza de su tallo verde; la fuerza que hace estallar las raíces de los árboles hacía estallar mis raíces, yo era una especie que ni siquiera sabía que vivía en un semidesierto hasta que un día sus raíces encontraron agua. Ahora había asumido una forma totalmente nueva. No, había asumido la forma que me correspondía desde el principio, la forma que me permitía mantener la cabeza alta. Yo, Anthea Gunn, con la cabeza vuelta hacia el sol.

Tu nombre, había dicho Robin en nuestra primera noche juntas, ambas profundamente sumergidas en los brazos de la otra. Significa flores, ¿lo sabías?

No es verdad, le dije. Gunn significa guerra. El lema de nuestro clan es Paz o Guerra. Midge y yo hicimos un trabajo escolar sobre nuestro clan cuando yo era pequeña.

No me refiero a tu apellido, sino a tu nombre, dijo Robin.

Me llamaron así por alguien de la tele, dije yo.

Significa flores, o el brotar de las flores, la floración. Lo he consultado.

Estaba detrás de mí, en la cama. Me hablaba con la boca pegada a mi hombro.

Tú eres una protesta pacifista andante, me dijo. Eres la flor en el arma. Eres la flor en la guerra.

¿Y qué me dices de ti? También te investigué, antes de que nos conociéramos. ¿Qué significa ese nombre tan raro?

¿Qué nombre raro?

No está en el diccionario, le dije. Lo he mirado. Y también en Google. No significa nada.

Todo significa algo, me dijo.

Ifisol, le dije.

¿If y sol? ¿Ifi sol? No lo sé. No tengo ni idea. Suena a aerosol. O a sintasol.

Me envolvía relajadamente, rodeándome con los brazos, y tenía una pierna encima de las mías para que no me enfriase. Sentía su piel nueva y suave desde mis hombros hasta las pantorrillas. Y entonces la cama empezó a moverse; Robin estaba riendo.

¡No es If y sol!, dijo. Es Ifis07. O sea, el nombre Ifis más el año, 07, correspondiente a dos mil siete.

Oh. Ifis 07. Vaya.

Ahora yo también reía. Me volví en sus brazos y apoyé la cabeza en su clavícula, que se desternillaba de risa.

Como 007. Daniel Craig en *Casino Royale*, surgiendo del agua como esa diosa en la concha, dije yo. ¡Voilà!

Ursula Andress ya lo había hecho antes, dijo Robin. Es decir, después de la propia Venus. En realidad Daniel Craig y Ursula Andress se parecen mucho, si te fijas. Y no, el 07 no es por eso, porque el año anterior utilicé Ifis06. Y el año anterior, Ifis05. A saber qué te habrías creído que ponía. Ifisog. Ifisos.

Había sido emocionante, primero no saber qué era Robin y luego averiguarlo. Comprendía ahora que el concepto de zona gris tenía un nombre equivocado: en realidad, la zona gris era otro espectro totalmente distinto de colores nuevos para la vista. Robin era arrogante como una chica. Se sonrojaba como un chico. Tenía la fuerza de una chica. Tenía la dulzura de un chico. Era musculosa como una chica. Era grácil como un chico. Tenía la valentía, la gallardía y la fortaleza de una chica. Tenía la belleza, la exquisitez y la delicadeza de un chico. Los chicos se volvían para mirarla como a una chica. Las chicas se volvían para mirarla como a un chico. Hacía el amor como un chico. Hacía el amor como una chica. Era tan masculina que parecía femenina, tan femenina que parecía masculina, hacía que yo quisiera recorrer el mundo escribiendo nuestros nombres en todos los árboles. Sencillamente, nunca había conocido a nadie tan adecuado. A veces, eso me sorprendía tanto que me quedaba sin habla. A veces, cuando la miraba tenía que apartar la vista. Para mí, ella ya no era como nadie más. Ya tenía miedo de que un día se fuera. Estaba acostumbrada a que la gente desapareciese. Estaba acostumbrada a los cambios llegados de la nada. O, más bien, llegados del mar. Ese mar tan azul, un azul del antiguo espectro.

Voilà era algo que mi abuelo decía continuamente, le cuento. Mis abuelos están muertos. Se ahogaron. Esta era su casa.

Háblame de ellos, me dice.

Primero háblame de ti. Vamos. La historia de tu vida.

Te la contaré. La tuya primero.

Si mi vida fuese una historia, le digo, empezaría así: Antes de irse, mi madre me dio una brújula. Pero cuando intenté usarla, cuando estaba muy lejos, perdida en el mar, la brújula no funcionó. Así que lo intenté con otra, la que mi padre me había dado antes de irse. Pero esa brújula también estaba rota.

Por lo que oteaste el horizonte en altamar, dijo Robin. Y decidiste por ti misma, con la ayuda de una noche despejada y algunas estrellas, dónde estaba el norte y dónde el sur, y dónde estaba el este y dónde el oeste. ¿Sí?

Sí, le dije.

Y entonces volví a decirlo. Sí.

¿Y ahora quieres conocer la mía?, me dijo.

Sí. Empieza un día cuando bajo una escalera después de una intervención de protesta, me vuelvo y veo a la persona más preciosa que he visto jamás. A partir de ese momento, me siento en casa. Es como si hasta entonces hubiese estado avanzando a contracorriente. Luego nos casamos, esa persona y yo, y vivimos para siempre felices y comemos perdices, lo que es imposible tanto en la historia como en la vida. Pero lo conseguimos. Y ese es el mensaje. Fin. Ya está.

¿Qué clase de historia es esa?, le dije.

Una con gato encerrado, me dijo.

Suena un poco falta de sustancia, para ser una historia.

Puedo poner más carne en el asador, si quieres. ¿Te apetece algo más fuerte? ¿O más flojo? Tú eliges.

Y entonces me estrechó entre sus brazos.

¡Voilà!, me dijo.

Eres muy astuta, le dije.

Tú tampoco estás mal, me dijo.

Despertamos. Había luz. Eran las dos y media de la mañana. Nos levantamos y abrimos la ventana; nos apoyamos juntas en el alféizar y contemplamos el mundo que despertaba, y mientras los pájaros luchaban para hacerse oír entre los demás, antes de que los habituales ruidos del día los silenciaran, Robin me contó la historia de Ifis.

Hace mucho tiempo, en la isla de Creta, había una mujer embarazada. Cuando llegó el momento de dar a luz, su marido, un buen hombre, fue a hablar con ella: si es niño nos lo quedaremos, pero si es niña no podemos. No podemos permitirnos tener una niña, habrá que sacrificarla, lo siento pero así son las cosas. Por lo que la mujer fue al templo y rezó a la diosa Isis, que se le apareció milagrosamente. Tú has sido leal conmigo y yo lo seré contigo, dijo la diosa. Cría al bebé, sea lo que sea, y te prometo que todo saldrá bien. Nació la criatura, que resultó ser una niña. La madre guardó el secreto, la crio como si fuera un niño y la llamó Ifis, que era un nombre tanto de niño como de niña. Ifis fue a la escuela y se educó con su amiga Yante, la hermosa hija de una buena familia, e Ifis y Yante crecieron mirándose a los ojos. El amor tocó a la vez sus inocentes corazones, hiriendo ambos, y se comprometieron. A medida que se acercaba el día de la boda y toda Creta se preparaba para los festejos, a Ifis le fue preocupando cada vez más que, al ser ella mujer como Yante, quizá no pudiese complacer a su novia, a la que tanto amaba. Le preocupaba no poder gozar nunca de su novia de la forma que deseaba. Se quejó amargamente a los dioses y las diosas. La noche previa a los esponsales, la madre de Ifis volvió al templo y pidió ayuda a Isis. Cuando salía del templo vacío, las paredes empezaron a moverse, las puertas temblaron, a Ifis se le alargó la mandíbula y la zancada, se le ensanchó el torso, se le aplanó el pecho, y el día siguiente, el día de la boda, amaneció luminoso y despejado, y toda la isla de Creta festejó que el joven Ifis desposaba a su Yante.

Aunque, en realidad, la narración del mito fue más bien así:

Hace mucho tiempo, en la isla de Creta, dijo Robin a mi espalda, al oído...

¡He estado! ¡Fuimos allí! Fuimos una vez de vacaciones cuando éramos pequeñas, le dije. En realidad pasamos gran parte de las vacaciones en el hospital de Heraklion porque nuestro padre quiso alquilar una moto para impresionar a la mujer de la tienda de motos, pero antes de alquilarla fue a dar una vuelta a la manzana para probarla, se cayó y se despellejó medio costado del cuerpo.

Hace mucho tiempo, dijo Robin, mucho antes de las motos de alquiler, mucho antes de las motos y mucho antes de los alquileres, mucho antes de ti, mucho antes de mí, antes del gran tsunami que arrasó gran parte del norte de Creta e inundó casi todas las ciudades minoicas, lo que, por cierto, probablemente fue el incidente responsable de la creación del mito de la ciudad perdida de la Atlántida…

Eso es muy interesante, le digo.

Lo es. En zonas de Creta hay piedra pómez a quince metros por encima del nivel del mar y huesos de vaca mezclados con restos de animales marinos, son lugares demasiado elevados para que haya otra explicación geológica…

No, me refiero a eso de la responsabilidad y la creación de un mito, le dije.

Ah, dijo Robin. Bueno…

Es decir, ¿los mitos surgen completamente formados de la imaginación y las necesidades de una sociedad, como si nacieran del subconsciente social?, dije. ¿O son creaciones conscientes de las diferentes fuerzas lucrativas? Por ejemplo, ¿es la publicidad una nueva forma de crear mitos? ¿Las empresas venden su agua, o lo que sea, contándonos el mito persuasivo adecuado? ¿Es esa la razón de que la gente siga comprando botellas de algo que no necesita comprar y que además es prácticamente gratis? ¿Se inventarán pronto un mito para vendernos aire? Y, por ejemplo, ¿la gente quiere estar delgada por el mito imperante de que la delgadez es más atractiva?

Anth, dijo Robin. ¿Quieres oír la historia del chico-chica o no?

Sí, le dije.

Vale. Creta. Hace mucho tiempo. ¿Preparada?

Ajá.

¿Seguro?

Sí.

Pues había esa mujer embarazada y su marido se acercó y…

¿Cuál de ellos era Ifis?, le dije.

Ninguno. Y su marido…

¿Cómo se llamaban?, le dije.

No me acuerdo de sus nombres. En cualquier caso, el marido le dijo a la mujer…

Que estaba embarazada, le dije.

Sí, y el marido le dijo: oye, estoy rezando por dos cosas, y una de ellas es que este bebé no te haga sentir dolor en el parto.

Hum, a ver, dijo su mujer. Eso es bastante probable, ¿no?

¡Ja, ja!, dije yo.

Bueno, no; no dijo eso, dijo Robin. Estoy imponiendo una lectura demasiado moderna del mito. No, ella actuó como era de esperar en su época, le agradeció al marido su generosidad por plantearse siquiera, en un mundo de hombres donde las mujeres no contaban, que ella iba a sentir dolor. ¿Y cuál es la otra cosa por la que estás rezando?, le preguntó la mujer. Al oírlo, pareció que el hombre, que era un buen hombre, se ponía muy triste. La mujer desconfió de inmediato. El marido respondió: oye, ya sabes lo que voy a decir. La cuestión es. Si das a luz a un niño, todo bien, nos lo quedamos, por supuesto, y estoy rezando para que así sea.

Ajá, dijo la mujer. ¿Y?

Y, si tienes una niña, no nos la podemos quedar, dijo el marido. Si es una niña, tendremos que sacrificarla. Una niña es una carga. Lo sabes muy bien. No puedo permitirme una niña. Sabes que no. Una niña no me sirve de nada. Así que esto es lo que hay. Siento tener que decirlo, ojalá todo fuese distinto, no es que yo quiera, pero así son las cosas.

Así son las cosas, dije yo. Qué fuerte. Menos mal que ahora vivimos en otra época.

Las cosas siguen siendo así en muchos lugares del mundo, dijo Robin. En los países donde no es legal el aborto selectivo de niñas, los certificados médicos se firman con tinta roja si es niña y azul si es niño, para que los padres sepan qué abortar y qué mantener. Como iba diciendo, la mujer se fue a rezar un poco por su cuenta. Y cuando se arrodilló en el templo y rezó a la nada, la diosa Isis se le apareció allí mismo.

Como la Virgen María en Lourdes, dije yo.

Salvo que eso pasó muchísimo antes, cultural e históricamente, que la Virgen María, dijo Robin, y también recuerda que la mujer no estaba enferma, aunque sin duda algo iba pero que muy mal en Cnosos si se dedicaban a matar niñas. Acompañaban a la diosa Isis muchos dioses amigos y familia, entre ellos ese con cabeza de chacal. ¿Cómo se llama? Mierda. Me gusta mucho…, tiene como orejas de chacal y el morro alargado…, es una especie de dios-perro…, es el guardián del inframundo...

No lo sé. ¿Es una parte esencial de la historia?

No. Así que Isis agradeció a la mujer su fe constante y le dijo que no se preocupara. Da a luz como si nada y cría a tu bebé, le dijo.

¿Como si nada?, dije. ¿Una diosa utilizó la expresión como si nada?

Los dioses pueden ser muy campechanos cuando quieren, dijo Robin. Y luego ella y todos sus amigos dioses desaparecieron, como si nunca hubiesen estado allí, como si la mujer se los hubiese imaginado. Pero la mujer estaba muy contenta. Salió al cielo nocturno y abrió los brazos a las estrellas. Y llegó el momento del parto. Y nació el bebé.

No puedes pasarte toda la vida en el vientre, dije.

Y era una niña, dijo Robin.

Pues claro, dije yo.

La mujer la llamó Ifis, que era el nombre del abuelo de la criatura…

Eso me gusta, dije.

… y que también, casualmente, era un nombre que se ponía tanto a niños como a niñas, lo que a la mujer le pareció un buen presagio.

Eso también me gusta, dije.

Y para mantener a su hija a salvo la crio como si fuera un chico, dijo Robin. Por suerte para Ifis, colaba bien como chico, aunque también habría sido una chica guapísima. Era, sin lugar a dudas, tan bien parecida como su amiga Yante, la hermosa hija rubia de una de las mejores familias de la isla.

Ajá, dije. Creo que sé por dónde van los tiros.

Ifis y Yante, como tenían exactamente la misma edad, fueron juntas a la escuela y juntas aprendieron a leer y a conocer el mundo, crecieron juntas y en cuanto las dos tuvieron edad para casarse sus padres negociaron un poco, intercambiaron algunas cabezas de ganado, y la aldea se preparó para la boda. Pero eso no es todo. La cuestión es que Ifis y Yante se habían enamorado de verdad.

¿Les dolía el corazón?, dije. ¿Les parecía que estaban siempre bajo el agua? ¿Sentían que les escocía la luz? ¿Vagaban aturdidas sin saber qué hacer?

Sí, dijo Robin. Todo eso. Y mucho más.

¡Así que hay más!, dije. ¡Vaya, hombre!

A eso vamos precisamente, dijo Robin. Y se fijó el día de la boda. Toda la aldea asistiría. No solo la aldea, sino también todas las buenas familias de la isla. Y algunos habitantes de otras islas lejanas. Y del continente. Varios dioses estaban invitados y muchos habían confirmado su asistencia. Pero Ifis se sentía mal, porque no se lo podía imaginar.

¿No se podía imaginar qué?, dije.

No se podía imaginar cómo iba a hacerlo, dijo Robin.

¿A qué te refieres?

Se fue a un campo lo bastante alejado de la aldea para que nadie pudiera oírla, a excepción de algunas cabras y algunas vacas, y gritó al cielo, gritó a la nada, a Isis, a todos los dioses. ¿Por qué me habéis hecho esto? Cabrones. Mamones. Mirad qué ha pasado. A ver, mirad esa vaca de ahí. ¿Qué sentido tendría darle una vaca en lugar de un toro? ¡No puedo ser un chico para mi chica! ¡No sé cómo! ¡Desearía no haber nacido! ¡Me habéis hecho mal! ¡Ojalá me hubiesen matado al nacer! ¡Nada puede ayudarme!

Pero quizá su chica, cómo se llama, Yante, *quiere* una chica, dije. Es evidente que Ifis es exactamente la clase de chico-chica o de chica-chico que le gusta a Yante.

Bueno, sí. Coincido, dijo Robin. Se puede argumentar. Pero no es lo que dice la historia original. En la historia original Ifis está gritando a los dioses. Ni aunque el mismísimo Dédalo estuviese aquí, gritaba Ifis, ¡el mayor inventor del mundo capaz de sobrevolar el mar como un pájaro, aunque solo es un hombre! Ni siquiera él sabría qué inventar para solucionar las cosas con Yante. Sé que fuiste amable, Isis, y que le dijiste a mi madre que todo saldría bien, pero ¿ahora qué? Tengo que casarme mañana, nada menos, y seré el hazmerreír de toda la aldea gracias a ti. Juno e Himeneo vienen. También seremos el hazmerreír de los cielos. ¿Cómo puedo casarme con mi chica delante de ellos, delante de mi padre, delante de todo el mundo? Y no solo eso. Eso no es todo. Nunca, nunca jamás, podré complacerla. Será mía, pero nunca será realmente mía. Estaré en el centro de un manantial, muriéndome de sed, con la mano llena de agua, ¡pero no podré beber!

¿Por qué no podrá beber?, dije.

Robin se encogió de hombros.

Es solo lo que piensa en este punto de la historia. Es joven. Está asustada. Todavía no sabe que todo saldrá bien. Solo tiene unos doce años. A esa edad se casaban entonces: a los doce. Yo también estaba aterrorizada cuando tenía doce años y quería casarme con otra chica. (¿Con quién querías casarte?, le pregunté. Con Janice McLean, que vivía en Kinmylies, dijo Robin. Era muy glamurosa. Y tenía un poni.) Doce o trece años, terrorífico. Es fácil pensar que es un error, o que tú eres un error. Cuando todo lo que te rodea y todos los que te conocen dicen que tienes la forma equivocada, es fácil creer que tienes la forma equivocada. Y también, no lo olvides, la historia de Ifis la concibió un hombre. Bueno, digo hombre pero Ovidio es muy fluido para ser escritor, mucho más que la mayoría. Sabe, mucho más que la mayoría, que la imaginación no tiene género. Es muy bueno. Honra todas las clases de amor. Honra todas las clases de historia. Pero con esta historia no puede evitar ser el romano que es, no puede evitar obsesionarse con lo que las chicas no tienen bajo la toga, y es él quien no puede imaginarse qué pueden hacer las chicas, aunque no lo tengan.

Eché un rápido vistazo bajo la colcha.

Yo no noto que me falte nada, dije.

Ah, adoro a Ifis, dijo Robin. La adoro. Mírala. Vestida de chico para salvar la vida. Plantada en medio de un campo, protestando a gritos por cómo son las cosas. Haría lo que fuese por amor. Se arriesgaría a cambiar todo lo que es.

¿Qué pasará?, dije.

¿Tú qué crees?, dijo Robin.

Bueno, Ifis necesitará ayuda, dije. Su padre no le servirá de nada, ni siquiera sabe que su hijo es una chica. No es un tipo muy observador. Y Yante cree que ser un chico es eso, como es Ifis. Yante es feliz porque va a casarse, pero tampoco querrá sufrir una humillación ni ser el hazmerreír de la aldea. Además, solo tiene doce años. Así que Ifis no puede pedirle ayuda. Solo puede contar con su madre o con la diosa.

Bien visto, dijo Robin. La madre fue a ver a la diosa para tener una charla de las suyas.

Ese es uno de los motivos de que Midge esté tan resentida, dije yo.

¿Que quién esté tan qué?

Imogen. Tuvo que hacer de madre cuando la nuestra se marchó. A lo mejor por eso está tan delgada. ¿Te has fijado en lo delgada que está?

Sí, dijo Robin.

Yo nunca tuve que hacer nada. Tengo suerte. Nací sin mitos. Crecí sin mitos.

No es cierto, nadie crece sin mitos, dijo Robin. Lo importante es qué hacemos con los mitos con los que crecemos.

Pensé en nuestra madre. Pensé en lo que había dicho, que tenía que liberarse de lo que la gente esperaba de ella, que de lo contrario se moriría. Pensé en nuestro padre, en el jardín tendiendo la ropa, esos primeros días después de que mi madre se fuera. Pensé en Midge, de siete años, bajando corriendo la escalera y saliendo al jardín para hacerse cargo, para tender la ropa por él, porque los vecinos se burlaban al ver a un hombre en el tendedero. Buena chica, había dicho nuestro padre.

Sigue con la historia, le dije. Adelante.

Entonces la madre fue al templo, dijo Robin, y clamó a la nada: oye, vamos a ver. Me dijiste que todo saldría bien. Pero ahora tenemos una gran boda mañana y todo saldrá mal. ¿Podrías arreglarlo? Por favor.

Y cuando salía del templo vacío, las paredes empezaron a moverse y las puertas temblaron.

Voilà, dije yo.

Sí. La mandíbula se alarga, la zancada se alarga, absolutamente todo se alarga. Cuando la madre llegó a casa, Ifis se había convertido exactamente en el chico que ella y su hija necesitaban que fuese. En el chico que necesitaban las dos familias. Y que necesitaba toda la aldea. Y que necesitaba toda la gente que venía de todas partes y que tenía muchas ganas de una buena fiesta. Y que necesitaban los dioses invitados. Y que necesitaba ese momento histórico en concreto, con sus propias convicciones sobre qué era emocionante y perverso en una historia de amor. Y que necesitaba el autor de las *Metamorfosis*, que realmente necesitaba una historia de amor feliz al final del libro IX como contrapunto a varias otras historias mucho más escabrosas de personas que se enamoran, de forma infeliz y con terribles consecuencias, de sus padres, sus hermanos, varios animales inconvenientes y los fantasmas de sus amantes muertos, dijo Robin. Voilà. Solucionado. No problemo. En las *Metamorfosis* abundan los dioses malvados que violan a personas y después las convierten en vacas o manantiales para que no puedan contarlo, que las persiguen hasta que se transforman en plantas o ríos, que las castigan por su orgullo, o su arrogancia, o sus habilidades convirtiéndolas en montañas o insectos. No hay muchas historias felices en ese libro. Pero amaneció un nuevo día y todo el mundo abrió los ojos, era el día de la boda. Hasta Juno había acudido e Himeneo también estaba allí, y todas las familias de Creta, vestidas con sus mejores galas, se reunieron en la isla para la gran celebración, mientras la chica se unía a su chico en el altar.

Chica conoce chico, dije. En más de una forma.

Una historia muy antigua, dijo Robin.

Me alegro de que acabara bien.

Una buena historia, dijo.

El bueno de Ovidio, que le pone huevos, dije.

Aunque no hicieran falta. ¡Anubis!, exclamó Robin de pronto. El dios con cabeza de chacal. Se llama Anubis.

¿A pubis?, dije yo.

Vamos, tú y yo. ¿Qué se dice?

A la cama.

Y volvimos a la cama.

Enredadas en los brazos de la otra, no estaba segura de quién era la mano que tenía junto a la cabeza: ¿era suya o mía? Moví mi mano. La mano junto a mi cabeza no se movió. Ella me vio mirando la mano.

Es tuya, me dijo. Está al final de mi brazo, pero es tuya. Y también el brazo. Y el hombro. Y todo lo que está unido a él.

Su mano me abrió. Después su mano se transformó en un ala. Después todo en mí se transformó en un ala, una única ala, y ella era la otra, éramos un pájaro. Éramos un pájaro que podía cantar Mozart. Era una música que reconocía, profunda y ligera a la vez. Luego cambió a una música que nunca había oído antes, tan nueva que me hizo aérea, yo no era más que las notas que ella tocaba, suspendida en el aire. Después la vi sonreír tan cerca de mis ojos que su sonrisa fue lo único que vi, y entonces pensé que nunca antes me había metido en una sonrisa, ¿quién habría dicho que estar dentro de una sonrisa podría ser algo tan antiguo y moderno a un tiempo? Su preciosa cabeza estaba en mi pecho, me atrapó entre sus dientes solo una vez, puso boca en pezón como haría el cachorro de un zorro y allá descendimos, no me extraña que hablen de volver a la tierra porque era arcilloso, era bueno, era el verdadero significado de bueno, era terroso, era el verdadero significado de tierra, era el subsuelo de todo, la arcilla que todo lo limpia. ¿Era eso su lengua? ¿Se refieren a eso cuando hablan de lenguas de fuego? ¿Me fundía? ¿Me fundiría? ¿Era yo oro? ¿Era yo magnesio? ¿Era yo agua salobre, eran todas mis entrañas un pedazo de mar, sería yo agua salada con voluntad propia, una especie de manantial, la fuerza del agua que atraviesa la roca? Primero yo era dura y luego yo era nervio, era una serpiente, me transformé de piedra a serpiente en tres simples movimientos, simiente sarmiento serpiente, y luego en un árbol cuyas ramas estaban a punto de florecer, y qué eran esos brotes aterciopelados sino… ¿astas?, ¿nos crecían astas a las dos?, ¿se cubría toda mi frente de pelaje?, ¿compartíamos la misma piel?, ¿eran nuestras manos relucientes pezuñas negras?, ¿coceábamos?, ¿mordíamos?, ¿estaban nuestras cabezas entrelazadas hasta la muerte?, ¿hasta partirnos? Yo era una ella era un él era un nosotras éramos una chica y una chica y un chico y un chico, éramos filos, éramos un cuchillo que atravesaba el mito, éramos dos dagas lanzadas por un mago, éramos flechas disparadas por un dios, llegábamos al corazón, dábamos en el blanco, éramos la cola de un pez éramos el olor de un gato éramos el pico del pájaro éramos la pluma que desafiaba la gravedad sobrevolábamos todos los paisajes y luego descendíamos a la bruma púrpura del brezo errantes de un crepúsculo fragante danzantes de un perfecto *reel* escocés vibrante rutilante incesante ¿podemos seguir el ritmo? ¿tan rápido?, ¿tan alto?, ¿tan feliz?, ¿otra vuelta?, ¿un poquito más arriba?, ¡sí! El encaje perfecto de una curva en la otra como una colina contra el cielo, ¿y era eso un cardo? ¿Era yo tan solo hierba, un campo de hierba áspera? ¿Ese color increíble salía de mí? Las relucientes corolas de… ¿qué?, ¿botones de oro? Porque su aroma, campestre y delicado, me entró por la cabeza y salió por los ojos, por las orejas, por la boca, por la nariz, yo era aroma que podía ver, yo era ojos que podían paladear, yo era flor amarilla bajo la barbilla ¡y si ves su reflejo te gusta la mantequilla! Todos mis sentidos en la cabeza de un alfiler se concentraban, ¿y era un ángel quien sabía usar así las manos, como alas?

Fuimos todo eso en el espacio de unos diez minutos. Fiu. Un pájaro, una canción, el interior de una boca, un zorro, una zorrera en la tierra, todos los elementos, minerales, un manantial, una piedra, una serpiente, un árbol, unos cardos, varias flores, flechas, ambos géneros, un género completamente nuevo, ningún género en absoluto y a saber cuántas cosas más, además de un par de ciervos luchando.

Me levanté y fui a buscar agua para las dos, y cuando estaba de pie en la cocina en la primera luz de la mañana ante el grifo abierto, miré las colinas detrás de la ciudad, los árboles de las colinas, los arbustos del jardín, los pájaros, las hojas nuevecitas de una rama, un gato en el cercado, los trocitos de madera que componían el cercado, y me pregunté si todo lo que veía, si quizá cualquier paisaje que mirábamos despreocupadamente, no sería el resultado de un éxtasis que ni sabíamos que tenía lugar, un acto de amor cuyo desplazamiento lento y constante nos hacía creer que no era más que la realidad cotidiana.

Y entonces me pregunté ¿por qué demonios iba a estar alguien en el mundo como si se encontrara en los exuberantes Jardines Colgantes de Babilonia, pero dentro de un diminuto rectángulo pintado de blanco del tamaño de una plaza de aparcamiento, negándose a salir, y a su alrededor el mundo entero, hermoso y diverso, esperando?

ellos

(Aquí abajo, en Inglaterra, todo es muy inglés.)
Todo el trayecto en primera clase. Yo era la única persona en el coche J cuando nos pusimos en marcha. ¡Yo! ¡Un vagón de tren para mí sola! Las cosas me van bien
(y ese tren se volvió más y más inglés a medida que avanzábamos al sur. El personal que servía el café cambió a personal inglés en Newcastle. La voz del revisor en los altavoces también se volvió inglesa en Newcastle y entonces fue como viajar en un tren totalmente distinto aunque no me hubiese movido del asiento, las personas que subieron al tren y se sentaron a mi alrededor eran muy inglesas, y cuando llegamos a York era como viajar en otro)
AAY. ¡Lo siento!
(En Inglaterra se te llevan por delante y ni siquiera se disculpan.)
(Y hay tanta gente, ¡tanta! Aquí la gente se extiende a lo largo de kilómetros y kilómetros y más kilómetros.)
(¿Dónde está mi teléfono?)
Menú. Contactos. Seleccionar. Papá. Llamar.

(Dios, aquí hay tanto ajetreo con la gente y el ruido y el tráfico que apenas puedo oír el) Contestador.

(Nunca responde cuando ve mi nombre en la pantalla.)

Hola, papá, soy yo. Es jueves, las cinco menos cuarto. Solo te dejo otro mensaje para decirte que ya no estoy en primera clase en el tren, estoy en, hum, Leicester Square, aquí hace mucho sol, un poco caluroso, tengo media hora libre antes de una importante reunión de negocios y he llamado para saludar. Eeeh, bueno, te haré una llamadita cuando salga de las reuniones, así que hasta pronto. Adiós por ahora. Adiós.

Fin de la llamada.

Menú. Contactos. Seleccionar. Paul. Llamar.

Contestador.

(Mierda.)

Ah, hola, Paul, solo soy yo, hum, Imogen. Es jueves, a eso de las cinco menos cuarto, y te llamo por si podrías comprobar algo con secretaría, yo he intentado hablar con ellos pero nada, comunica todo el tiempo o igual la señal falla o algo así, en cualquier caso disculpa que te llame tan tarde, pero como no podía hablar con ellos he pensado qué hago, ah, ya sé, siempre puedo llamar a Paul, él me ayudará, así que ¿podrías comprobar con secretaría si el *email* del estudio de mercado y las pruebas de color le han llegado a Keith aquí, en Londres, y si ya lo ha visto todo antes de que yo llegue a las oficinas? Tengo que presentarme allí dentro de unos quince minutos. Espero tu llamada, Paul. Gracias, Paul. Hasta pronto. Adiós por ahora. Adiós.

Menú. Contactos. Seleccionar. Anthea. Llamar.

Contestador.

Hola. Soy Anthea. No dejes ningún mensaje en este número porque estoy intentando dejar de usar el móvil, ya que la producción de teléfonos móviles implica trabajo esclavo a gran escala y también porque los móviles nos impiden vivir plena y adecuadamente el presente y relacionarnos de una forma real y auténtica con los demás, son otra forma de subestimarnos. En lugar de llamarme, ven a verme y hablamos como es debido. Gracias.

(Por el amor de Dios.)

Hola, soy yo. Es jueves, las cinco menos diez. ¿Me oyes? Yo apenas puedo oírme, esto es tan ruidoso que roza lo absurdo. Bueno, voy de camino a una reunión y estaba cruzando una especie de parque o plaza detrás de Leicester Square, donde está la parada del metro, cuando he visto una estatua de William Shakespeare y he pensado: a Anthea le gustaría, y luego, no te lo vas a creer, un par de minutos después, justo enfrente, ¡he visto una estatua de Charles Chaplin! Y se me ha ocurrido llamarte para decírtelo. Estoy llegando a Trafalgar Square, que ahora es toda peatonal, se puede cruzar, las fuentes están en marcha, hace tanto calor que hay personas saltando en el agua, no puede ser higiénico, aquí hay mucha gente en pantalón corto, nadie lleva abrigo, ¡hasta he tenido que quitarme el mío, imagínate el calor que hace! ¡Ah! ¡Y ahí está Nelson!, pero tan arriba que apenas puedo verlo, ahora estoy justo debajo, bueno, pues solo te llamaba porque siempre que vengo aquí y veo todas estas cosas famosas me acuerdo de nosotras cuando veíamos la tele de niñas, cuando veíamos la columna de Nelson y el Big Ben y nos preguntábamos si algún día llegaríamos a verlos en persona, ahora estoy esperando a que se ponga verde un semáforo justo debajo de la columna de Nelson, tendrías que oír la cantidad de lenguas diferentes que habla la gente a mi alrededor, es muy muy interesante oír tantas voces distintas, ah, ahora estoy andando por una calle con edificios de aspecto oficial, bueno, solo llamaba para decirte que ya nos veremos cuando vuelva, vuelvo mañana, ahora tendré que echarle una ojeadita al mapa y para eso tengo que sacarlo del bolso, así que ya paro. Hasta pronto. Adiós por ahora. Adiós.

Llamada finalizada.

(De momento, sin noticias de Paul.)

(Mi hermana ni siquiera escuchará el mensaje. Orange borrará automáticamente ese mensaje dentro de una semana.)

(Pero ha sido bonito hablar por teléfono aquí, ha hecho que me sienta un poco más segura, y aunque evidentemente solo decía tonterías ahora me siento mejor.)

(Quizá sea más fácil hablar con alguien que nunca oirá lo que hemos dicho.)

(Menuda idea. Qué idea tan ridícula.)

¿Es esto Strand?

(A Anthea le encanta todo lo relacionado con Shakespeare y le encantó esa película, a mí también, en que un grupo de ricachones inaugura una nueva estatua blanca y al retirar la lona descubren a Charlie Chaplin durmiendo en los brazos de la estatua, y después la joven ciega recupera la vista porque a él le cae un dinero del cielo y se lo gasta todo en operarla de los ojos, pero entonces comprende que ahora que la joven puede ver, él es inadecuado para ella, y es trágico, no tiene nada de comedia.)

(Sin noticias de Paul.)

(No veo el nombre de la calle. A lo mejor esta no es la que)

(vaya vaya, eso que hay en medio de la calle es interesante, ¿qué es, un monumento conmemorativo? Es una escultura en la que solo se ven prendas de ropa sin ningún cuerpo dentro, prendas colgadas de ganchos, prendas vacías, prendas de soldados y trabajadores.)

(Pero tienen una pinta extraña. Es como si aún conservaran la forma de los cuerpos dentro de ellas. Y aunque es ropa de hombre, la forma en que caen los pliegues hace que parezcan de mujer...)

(Ah, vale, es un monumento a las mujeres que lucharon en la guerra. Ya lo pillo. Son las prendas que llevaban, como si se las hubiesen quitado y las hubiesen dejado colgadas hace solo un momento, como si fuera ropa de otros que solo se pusieron brevemente. Y esas prendas de ropa han conservado su forma, de manera que vemos la forma de un cuerpo de mujer pero en monos de trabajo y uniformes, en unas prendas que las mujeres no suelen ponerse.)

(Londres está lleno de estatuas. Mira esa. Míralo, montado en su alto caballo. Me pregunto quién será. Lo dice en un lado. No puedo leerlo. Me pregunto si cuando estaba vivo tuvo realmente el aspecto que tiene ahí. La estatua de Chaplin no se parecía en nada a Chaplin. Y la de Shakespeare… bueno, no hay forma de saberlo.)

(Sin noticias de Paul.)

(Me pregunto por qué no han representado a las mujeres como a él, mujeres con caras y cuerpos, por qué esas mujeres tienen que estar desaparecidas, ser solo ropa vacía, sin nadie dentro.)

(¿Será porque había demasiadas chicas y el monumento tenía que simbolizarlas a todas?)

(Pero no, en los monumentos conmemorativos de los soldados siempre aparecen caras, o sea, los soldados de esos monumentos conmemorativos son personas, con cuerpos, no solo ropa.)

(Me pregunto si será mejor que solo esté la ropa, o sea, en términos artísticos y de significado y demás. ¿Es mejor, más simbólico, *no* aparecer ahí?)

(Anthea lo sabría.)

(Pero ¿y si representaran a Nelson solo con un sombrero militar y una casaca vacía? A veces Chaplin es solo un bombín, los botines y el bastón, o un bombín y un bigote. Pero eso se debe a que él es tan único que se le puede reconocer a partir de esas cosas.)

(Nuestras dos abuelas estuvieron en esa guerra. La ropa de ese monumento es la ropa vacía de nuestras abuelas.)

(Las caras de nuestras abuelas. Nunca llegamos a ver la cara de la madre de nuestra madre, bueno, solo la vimos en fotografías. Murió antes de que nosotras naciéramos.)

(Sin noticias de Paul.)

Esa placa dice Whitehall.

Me he equivocado de calle.

(Por Dios, Imogen, ¿no puedes hacer nada bien?)

Será mejor que vuelva atrás.

Lo que ambiciono, dice Keith, es alcanzar un estado de pura inconsciencia Pure.

¡Claro!, digo.

(Espero haberlo dicho con suficiente entusiasmo.)

Lo que quiero, dice Keith, es hacer que no solo sea posible, sino natural, que alguien, desde que se levanta por la mañana hasta que se acuesta por la noche, pase el día entero en manos de Pure sin ser consciente de ello.

Que cuando su mujer abra el grifo para llenar la cafetera, el agua que salga haya sido administrada, analizada y purificada por Pure. Que cuando ella le sirva el café y le unte mantequilla en la tostada o elija una manzana del frutero para dársela, cada uno de esos productos haya sido transportado y adquirido en una de las distribuidoras de Pure. Que cuando lea el periódico mientras desayuna, en formato tabloide, berlinés o sábana, sea uno de los periódicos que pertenecen a Pure. Que cuando encienda el ordenador, el servidor que utilice sea propiedad de Pure y el matinal de la tele que en realidad no está viendo se emita en una de las cadenas cuyo accionista mayoritario es Pure. Que cuando su mujer le cambie el pañal al bebé, lo reemplace por uno comprado y embalado por Pure Pharmaceuticals, como los dos ibuprofenos que está a punto de zamparse y el resto de los medicamentos que vaya a tomar a lo largo del día, y que cuando su bebé tenga que alimentarse, tome leche de la gama orgánica Ooh Baby, elaborada y distribuida por Pure. Que cuando él guarde en el maletín la última novedad en libros de bolsillo, o cuando su mujer piense en lo que leerá en su club de lectura ese mismo día, sea lo que sea, se trate de libros publicados por uno de los doce sellos editoriales propiedad de Pure, y adquiridos, personalmente o en Internet, en una de las tres cadenas que ahora pertenecen a Pure, y que, en el caso de compra por Internet, se lo entregue una empresa de reparto gestionada por Pure.

Y si a nuestro hombre le diese por ver algo de porno fuerte, si me disculpas, hum, por ser tan directo como para mencionarlo…

Asiento con la cabeza.

(Sonrío como si me lo estuviesen mencionando continuamente.)

… en su portátil o en la pantalla del móvil de camino al trabajo, mientras se hidrata bebiendo una botella de Eau Caledonia de Pure, lo haga mediante uno de los diferentes canales de ocio que posee, distribuye y gestiona Pure.

(Pero me noto algo incómoda. Me noto algo desencantada. ¿Me ha traído Keith en un coche con chófer hasta este sitio tan alejado de Londres, a esta colección de oficinas prefabricadas en las afueras de una ciudad satélite, solo para soltarme una charla Creativa?)

Y eso es solo el desayuno, está diciendo Keith. Nuestro Hombre Pure ni siquiera ha llegado al trabajo. Esto no ha hecho más que empezar. Queda el resto del día por delante. Y solo hemos mencionado brevemente a su mujer, solo hemos rozado la superficie del bebé. Ni siquiera hemos empezado a considerar a su hijo de diez años, ni a su hija adolescente. Porque los productos Pure son omnipresentes. Pure es un gigante de la economía global.

Pero, sobre todo: Pure es puro. Y en el mercado Pure debe verse como puro. Tiene que ser lo que promete. ¿Me sigues, eh, eh…?

Imogen, Keith, le digo. Sí, Keith, te sigo.

Keith me lleva de una oficina prefabricada a otra sin parar de hablar. Parece que aquí apenas hay empleados.

(Quizá todos se han ido a casa. Son las siete de la tarde, a fin de cuentas.)

(Ojalá hubiese al menos un par de personas. Ojalá ese tipo, el chófer, se hubiese quedado. Pero no, se ha marchado del aparcamiento en cuanto me ha dejado aquí.)

(Por el ángulo del sol, lo único que puedo hacer es mirar a Keith con los ojos entornados.)

Sí, Keith, digo

(aunque él no ha dicho nada más.)

(No le interesan para nada las pruebas de color. He intentado sacar el tema en dos ocasiones.)

… mercado del agua que mueve trillones de dólares, está diciendo.

(Todo eso me lo sé.)

… planeamos la adquisición de Thames Water de manos de los alemanes, acabamos de adquirir una empresa muy atractiva en Holanda y se presentan grandes oportunidades en China y la India, dice.

(Todo eso también me lo sé.)

Que es la razón de que, eh…, dice.

Imogen, le digo.

Que es la razón, Imogen, de que te haya traído hasta aquí, al Campamento Base, dice Keith.

(¿*Esto* es el Campamento Base? ¿Está *aquí*, en Milton Keynes?

… ponerte al frente del DND de Pure, dice Keith.

(¡Yo! ¡Al frente de algo!)

(¡Dios mío!)

Gracias, Keith, le digo. ¿Qué es… hum… qué es exactamente…?

Por tu tacto natural, está diciendo. Por tu facilidad de palabra. Por tu empático talento instintivo e innato para darle la vuelta a un argumento. Por tu comprensión de la política local. Por tu habilidad para tratar con los medios de comunicación. Sobre todo, por tu estilo. Soy el primero en admitir que justo ahora necesitamos un toque femenino en el equipo, eh, eh. Necesitamos eso más que nada, y en Pure valoraremos por encima de todo tu capacidad para tener buena presencia, la presencia correcta, y decir las palabras correctas ante las cámaras de ser necesario, sean cuales sean las presiones, así como encajar las críticas como un hombre si algo se pone feo.

(Keith cree que tengo sobrepeso.)

Nos hemos detenido ante un módulo prefabricado idéntico a los demás. Keith marca el código numérico en una puerta y esta se abre. Retrocede y me indica con un gesto que mire el interior.

Hay una mesa nueva, un ordenador nuevo, una silla nueva, un teléfono nuevo, un sofá nuevo, una reluciente planta en su maceta.

Departamento de Narrativa Dominante de Pure, me dice. Bienvenida.

¿Departamento…?

¿Tengo que llevarte en brazos para cruzar el umbral?

¡Vamos! ¡Siéntate a esa mesa! ¡Es tu silla! ¡Adquirida para ti! ¡Adelante!

No me muevo de la puerta. Keith entra, aparta la silla giratoria de la mesa y me la envía rodando. La atrapo.

Siéntate, dice.

Me siento en el umbral.

Keith se acerca, coge el respaldo de la silla, le da la vuelta y se coloca detrás de mí

(eso me recuerda a lo que hacía ese chico en la feria de Bugh, el chico que sostenía el respaldo de los vagones de una de las atracciones: si éramos chicas las que lo ocupábamos, lo hacía girar de una forma especialmente vertiginosa y todas nos reíamos como locas.)

La cabeza de Keith está junto a mi cabeza. Me habla al oído derecho.

Tu primer informe, está diciendo Keith, es un texto que responde al artículo de esta mañana publicado en el periódico británico *The Independent*, que habrás leído…

(No lo he leído. Ay, Dios.)

… sobre que el agua embotellada se somete a pruebas mucho menos estrictas que el agua del grifo. DDR, eh, eh…

¿DD...?, le digo.

Desmiente, desacredita, reformula, dice Keith. Usa tu iniciativa. Tu imaginación. Muchos de los denominados controles regulados de la calidad del agua corriente son inútiles, y en algunos casos nocivos. La ciencia lo afirma, y muchos científicos lo afirman. Lo dicen las estadísticas. Son *nuestras* conclusiones independientes contra *sus* conclusiones descabelladas. Tú lo escribes, nosotros lo difundimos.

(Keith quiere que haga... ¿qué?)

Tu segundo informe es algo más complejo. Pero sé que estarás a la altura. Un pequeño grupo de furiosos nativos de una de nuestras filiales de la India se opone a nuestra presa-filtro que ya ha alcanzado los dos tercios de su construcción y que pronto dará energía a cuatro laboratorios Pure de la zona. *Ellos dicen*: nuestra presa impide su acceso al agua y destruye sus cosechas. *Nosotros decimos*: son alborotadores autóctonos que intentan involucrarnos en una despreciable guerra religiosa. Utiliza la palabra terrorismo si es necesario. ¿Entendido?

(¿Que haga qué?)

(Esta silla parece insegura. Se mueve levemente bajo el brazo de Keith y me estoy mareando.)

Ganarás un mínimo de cincuenta y cinco mil al año, dice Keith, negociables después de esos dos primeros informes.

(Pero está... mal.)

Eres uno de los nuestros, dice Keith.

(El vientre de Keith está cerca de mis ojos. Veo que sus pantalones reprimen una erección. Es más, veo que él quiere que lo vea. En realidad, me está enseñando su erección oculta.)

… la estrella más brillante del cielo Pure en el Reino Unido, está diciendo Keith, y sé que estarás a la altura, eh, eh…

(Intento decir mi nombre, pero no puedo hablar. Tengo la boca demasiado seca.)

(Es posible que él haya venido hasta aquí, a estas oficinas prefabricadas, y haya puesto la silla exactamente a esta altura para que vea su erección como es debido.)

… única chica que ha llegado tan alto en la cúpula directiva, está diciendo.

(Yo no puedo hablar.)

(Entonces recuerdo la última vez que necesité un vaso de agua.)

(Pienso en lo que significa un vaso de agua.)

No puedo hacerlo, le digo.

Sí que puedes, dice él. No eres tonta.

No, no lo soy. Ni tampoco puedo inventarme una patraña y fingir que es verdad. Esas personas en la India. El agua es su derecho.

No lo es, mi pequeño terrier escocés, dice Keith. Según el Foro Mundial del Agua de 2000, cuyo tema fue la denominación exacta del agua, el agua no es un derecho humano. El agua es una necesidad humana. Y eso significa que podemos convertirla en mercancía. Podemos vender una necesidad. Ese es nuestro *derecho humano*.

Keith, eso es ridículo, le digo. Esas palabras que acabas de usar están todas fuera de lugar.

Keith vuelve la silla donde estoy sentada y quedamos cara a cara. Apoya las manos en los brazos de la silla y se inclina hacia mí de manera que yo no pueda levantarme. Me mira con solemnidad. Da una pequeña sacudida de advertencia a la silla, como si jugara.

Niego con la cabeza.

Es una farsa, Keith. No puedes hacer eso.

Está ratificado por Gobiernos internacionales, dice. Es la ley. Tanto si crees que es una farsa como si no. Y yo puedo hacer lo que quiera. Y ni tú ni nadie podéis hacer nada al respecto.

Entonces debería cambiarse la ley, me oigo decir. Es una ley equivocada. Y yo puedo hacer mucho al respecto. Lo que puedo hacer, por ejemplo, es decir tan alto y claro como pueda, allá donde pueda, que estas cosas no deberían estar pasando, hasta que me oigan las suficientes personas para conseguir que no pasen.

Oigo que mi propia voz va subiendo de tono. Pero Keith no se mueve. No se inmuta. Sigue sosteniendo firmemente la silla.

¿Me recuerdas tu apellido?, dice con calma.

Respiro hondo.

Gunn, le digo.

Menea la cabeza como si fuera él quien me lo ha puesto, como si él pudiese decidir qué me llamo y qué no.

No eres material Pure, dice. Lástima. Parecías adecuada.

Siento que en mi interior crece algo tan grande como su erección. Es ira.

Esa ira me obliga a levantarme, me impulsa de la silla de tal manera que mi cabeza casi choca con la suya, y él tiene que retroceder.

Respiro hondo. Me sereno. Hablo con calma.

¿A qué distancia está la estación de aquí, Keith? ¿Necesitaré un taxi?

Mientras espero la llegada del taxi, vomito en el aseo de señoras del módulo prefabricado principal. Por suerte estoy acostumbrada a vomitar, así que no me mancho la ropa.

(Pero esta es la segunda vez en meses, pienso mientras el taxi se aleja del Campamento Base de Pure, que no vomito a propósito.)

Vuelvo a Londres. ¡Me encanta Londres! Camino entre Euston y King's Cross como si para mí fuese algo habitual, como si mi sitio estuviese aquí, entre todas estas personas que andan por una calle londinense.

Encuentro plaza en el último tren nocturno al norte.

Durante el trayecto, les cuento a las otras tres personas del vagón lo de Pure y la gente en la India.

Pese a su aparente seguridad, las personas inglesas son tan tímidas y educadas como las escocesas, y algunas pueden ser muy agradables.

Pero tendré que encontrar otra forma de contarlo, para que la gente no mire hacia otro lado o se vaya a sentar a otro sitio.

Sin embargo, aunque estoy aquí, en el tren, hablando casi a gritos sobre el funcionamiento del mundo con unos pocos desconocidos en un compartimento semivacío, me siento... ¿qué es lo que siento?

Me siento en mi sano juicio.

Me siento llena de energía. Siento tal energía en este tren lento que es como si viajara más rápido que el propio tren. Honrando mi apellido Gunn, me siento como un arma cargada.

En algún lugar de Northumberland, mientras el tren vuelve a detenerse, recuerdo la historia del clan cuyo apellido llevo, la historia de una joven Gunn a la que pretendía el jefe de otro clan, que a ella no le gustaba. Se negó a casarse con él.

Y entonces él fue un día al castillo de los Gunn y mató a todos los que se encontró, en realidad mató a cualquiera, fuese familia o no, que se cruzó en su camino a los aposentos de ella. Una vez allí, echó la puerta abajo. Y se la llevó por la fuerza.

Se la llevó, a kilómetros y kilómetros de distancia, hasta su propia fortaleza, donde la encerró en lo alto de una torre esperando que acabara cediendo.

Pero ella no cedió. Jamás. Prefirió morir, saltando desde lo alto de la torre. ¡Ja!

Antes la historia de mi antepasada lejana me parecía macabra. Pero esta noche, es decir, esta mañana, en este tren que está a punto de cruzar la frontera entre allí y aquí, lo que importa de una historia así es desde dónde la vemos. Desde dónde tenemos la suerte

(o la desgracia)

de verla.

Y oídme. Oídme bien, las únicas dos personas que quedáis, ahora dormidas. Óyeme bien, mundo de ahí fuera, que pasas lentamente por las ventanas del tren. Soy Imogen Gunn. Vengo de una familia que no se puede comprar. Vengo de un país que es lo opuesto a… ¿cómo se dice?, la narrativa dominante. Soy pura adrenalina escocesa. Soy pura risa de las Tierras Altas y pura ira de las Tierras Altas. ¡Pura! ¡Ja!

Pasamos lentamente el brazo de mar de las Tierras Bajas y ese mar nos pertenece a todos. Pasamos lentamente las escarpadas orillas de lagos y ríos iluminados por la nítida luz estival del amanecer y el agua que los llena nos pertenece a todos.

Entonces me acuerdo de comprobar el móvil.

Siete llamadas perdidas… ¡de Paul!

¡Es una señal!

(Y pensar que yo creía que no era la persona adecuada para mí.)

Aunque es muy tarde, es decir, muy muy tempra-
no, le llamo directamente sin escuchar ninguno de sus
mensajes.

Paul, le digo. Soy yo. ¿Te he despertado?

No, no pasa nada, me dice. Bueno, sí. Pero, Imogen...

Oye, Paul, primero tengo que decirte algo. Que es
esto. Me gustas mucho. Me gustas muchísimo. Me has
gustado desde la primera vez que nos vimos. Estabas en
el dispensador de agua. ¿Te acuerdas?

Imogen..., me dice.

Y sabes que me gustas. Lo sabes. Hay algo entre
nosotros. Sabes a qué algo me refiero. Ese algo que hace
que independientemente de dónde estés en un espacio,
siempre sabes exactamente dónde está la otra persona.

Imogen...

Y sé que no debería decirlo, pero creo que si yo
también te gusto, y si no eres gay o algo así, tendríamos que hacer algo al respecto.

¿Gay?, me dice.

Ya sabes, le digo. Nunca se sabe.

Imogen, ¿has estado bebiendo?

Solo agua. Y, a ver, no es lo mismo, lo sé, pero
me pareces muy femenino, no lo digo en un mal sentido, sino en un sentido bueno. Tienes muchos principios femeninos, lo sé, lo sé instintivamente, no es
habitual en un hombre y eso me gusta mucho. Es
más, me encanta.

Oye, llevo toda la noche intentando localizarte porque…

Sí, bueno, si es por las pruebas de color, da lo mismo, le digo. Las pruebas no eran importantes. La verdad es que no te he telefoneado por las pruebas, solo lo hacía para llamar tu atención de la única forma que se me ocurría sin tener que decírtelo directamente. Las pruebas de color ya no importan, para nada, al menos para mí, ya no soy un Puré.

No es por las pruebas de color, dice Paul.

Y puede que yo no te guste a ti, quizá estés abochornado porque te haya dicho lo que siento, pues bueno, no importa, no me importará, soy adulta, lo superaré, pero tenía que decirlo, tenía que contártelo, estoy harta de sentir cosas que nunca llego a expresar, cosas que siempre tengo que guardarme dentro, estoy harta de no saber si lo que digo es correcto, y he pensado que mejor ser valiente, he pensado que valía la pena, y espero que no te moleste que te lo haya dicho.

Las palabras salen de mí como si alguien me hubiese abierto como un grifo. Es Paul. Paul me abre, ¡Paul me pone!

Pero Paul aprovecha la pausa para hablar.

Imogen. Escúchame. Es tu hermana, dice.

Mi corazón dentro de mí. Nada más. Todo lo demás no existe.

¿Qué pasa con mi hermana? ¿Qué le ha pasado a mi hermana?

Paul me está esperando en la estación de tren.

¿Por qué no estás en el trabajo?, le digo.

Porque estoy aquí, dice él.

Mete mi bolsa en el maletero del coche y luego cierra el coche con el mando a distancia.

Iremos andando, dice. Así lo verás mejor. La primera está en el muro del centro comercial Eastgate. Creo que como entra mucho tráfico en la ciudad, las personas que van en coche tienen tiempo de leerla cuando paran en el semáforo. A saber cómo alguien ha podido encaramarse tan arriba y quedarse allí tanto tiempo sin interrupciones.

Pasamos ante Marks and Spencers, a unos quince metros calle abajo. En efecto, las personas de los coches parados en el semáforo miran algo por encima de mi cabeza, e incluso se asoman por la ventanilla para verlo mejor.

Me doy la vuelta.

Detrás de mí, en lo alto del muro, las palabras son rojas, enormes. Es la misma caligrafía con la que pintaron el rótulo de Pure antes de que lo sustituyeran. Las palabras están enmarcadas por el precioso trampantojo de un marco barroco dorado. Dicen: DOS MILLONES DE NIÑAS MUEREN EN TODO EL MUNDO ANTES DE NACER O AL NACER PORQUE NO SON NIÑOS. ESOS SON LOS DATOS OFICIALES. AÑADAMOS LOS CINCUENTA Y OCHO MILLONES MÁS DE NIÑAS A LAS QUE

MATAN POR NO SER NIÑOS SEGÚN DATOS EXTRAOFICIALES. UN TOTAL DE SESENTA MILLONES DE NIÑAS. Debajo, con una caligrafía que reconozco aunque es mucho más grande de lo habitual: ESO DEBE CAMBIAR. Ifis y Yante   las recaderas   2007.

Dios mío, digo.

Lo sé, dice Paul.

Tantas niñas, digo por si Paul no me ha entendido.

Sí.

Sesenta millones. ¿Cómo? ¿Cómo es posible que esto ocurra en los tiempos que corren? ¿Cómo es que no sabemos nada al respecto?

Lo sabemos ahora, dice Paul. Ahora prácticamente todo Inverness lo sabe, si quiere saberlo. Y hay más. Mucho más.

¿Qué más?, pregunto.

Pasamos las tiendas y me conduce al centro, al ayuntamiento, por la zona peatonal. Un pequeño grupo de personas observa a los dos hombres vestidos con monos de trabajo que limpian la pintura roja de la fachada con una pistola a presión. AHORA MISMO, EN NINGÚN PAÍS DEL MUNDO LOS SALARIOS DE LAS MUJERES SON EQUIPARABLES A LOS DE LOS HOMBRES. ESO DEBE CAMB

La mitad del marco y la parte con los nombres y la fecha están prácticamente borradas, pero siguen visibles. Puede leerse todo.

Eso llevará trabajo, digo.

Paul me indica que rodeemos el ayuntamiento, donde toda una pared lateral está cubierta de letras rojas enmarcadas en dorado. EN TODO EL MUNDO, A LAS MUJERES QUE HACEN EL MISMO TRABAJO QUE LOS HOMBRES SE LES PAGA ENTRE UN TREINTA Y UN CUARENTA POR CIENTO MENOS. NO ES JUSTO. ESO DEBE CAMBIAR. Ifis y Yante   los recaderos   2007.

Probablemente católicos, dice una mujer. Es repugnante.

Sí, y arruinará el turismo, dice otra. ¿Quién querrá venir a la ciudad si está llena de esas cosas? Nadie.

Y ya podemos despedirnos de ganar el concurso *Britain in Bloom* de este año, dice su amiga.

Y de que el programa *Antiques Roadshow* vuelva a Inverness, dice alguien.

¡Es un escándalo!, dice otra mujer. ¡Del treinta al cuarenta por ciento!

Pues sí, dice el hombre que la acompaña. No es nada justo, si lo que pone ahí es cierto.

Sí, pero ¿por qué unos *chicos* escribirían algo *así* en un edificio?, dice una mujer. No es natural.

Me alegro de que lo hayan hecho, dice la mujer del escándalo. ¿Quién iba a decir que no nos trataban como iguales, después de todo el trajín de los años setenta y ochenta?

Pero sí somos iguales aquí, en Inverness, dice la primera mujer.

Ni en sueños, dice la mujer del escándalo.

Seamos iguales o no, no hay motivos para pintarrajear todo el ayuntamiento, dice la amiga de la mujer.

La mujer del escándalo sigue discutiendo mientras subimos al castillo. En el muro, encima de la puerta y en forma de bonito arco, como si hubiesen pintado el nombre de la casa sobre la entrada, unas letras rojas enmarcadas en dorado afirman que solo un uno por ciento de los activos mundiales está en manos de mujeres. Ifis y Yante las recaderas 2007.

Desde aquí vemos que al otro lado del río, en un costado de la catedral, también hay grandes letras rojas. No puedo leer lo que dicen, pero sí distingo el color.

Dos millones de niñas al año se ven obligadas a casarse por la fuerza en todo el mundo, dice Paul cuando ve que estoy intentando leerlo. Y en Eden Court, en las puertas de cristal, dice que la violencia sexual o de género afecta a una de cada tres mujeres y niñas del mundo y que es la principal causa mundial de lesiones y muerte entre las mujeres.

Puedo leer *eso debe cambiar* desde aquí, le digo.

Nos apoyamos en la barandilla del castillo y Paul me habla de otros sitios donde han aparecido pintadas, qué es lo dicen y que la policía ha llamado a Pure preguntando por mí.

Tu hermana y su amiga están detenidas en Raigmore, me dice.

Robin no es su amiga, le digo. Robin es su media naranja.

Bien. Te llevaré allí. Tendrás que pagar la fianza. Yo lo he intentado, pero mi banco no me lo ha permitido.

Espera, le digo. Te apuesto lo que quieras…

¿Qué?

Te apuesto su doble fianza a que también hay un mensaje en la estatua de Flora.

No puedo pagar esa apuesta, grita él a mi espalda.

Corro a la estatua de Flora MacDonald, que se protege los ojos con la mano mientras espera que el príncipe Carlos Estuardo, todavía vestido con la ropa de mujer que ella le dejó para que escapara del ejército inglés, regrese a su lado remontando el río Ness.

Rodeo la estatua tres veces para leer las palabras escritas alrededor de la base. Pequeñas, nítidas, rojas, de un par de centímetros de altura: LAS MUJERES OCUPAN EL DOS POR CIENTO DE LOS PUESTOS DIRECTIVOS DE LAS EMPRESAS MUNDIALES. EL TRES Y MEDIO POR CIENTO DEL TOTAL MUNDIAL DE MINISTROS SON MUJERES. EN NOVENTA Y TRES PAÍSES DEL MUNDO LAS MUJERES NO OCUPAN PUESTOS MINISTERIALES. ESO DEBE CAMBIAR. Ifis y Yante   los recaderos   2007.

133

La buena de Flora. Doy unas palmaditas en su base.

Paul me alcanza.

Voy corriendo a por el coche y te recojo aquí, me dice, iremos colina arriba…

Llévame primero a casa. Tengo que darme un baño. Tengo que desayunar. Y luego tú y yo quizá podamos hablar. Después iremos juntos a la comisaría en mi Rebel.

¿En tu qué? Tendríamos que ir a la comisaría ahora mismo, Imogen, dice él. Ha pasado toda una noche.

¿No quieres hablar conmigo, entonces?

Bueno, sí, sí que quiero. Tengo mucho que decir, pero ¿no crees que deberíamos…?

Niego con la cabeza.

Creo que los recaderos-recaderas se enorgullecen de estar donde están.

Vaya, dice. No se me había ocurrido verlo así.

Dejemos a la policía a lo suyo hasta la hora del almuerzo. Luego iremos a arreglar lo de la fianza. Y después todos iremos a comer algo.

Paul es muy bueno en la cama.

(Gracias a Dios.)

(Bueno, sabía que lo sería.)

(Bueno, lo esperaba.)

Me siento como si me hubieses reconocido, me dice después. Es extraño.

(Esa es exactamente la sensación. Tuve una sensación de reconocimiento la primera vez que lo vi. Sentí que nos reconocíamos todas las veces que ni siquiera fuimos capaces de mirarnos a los ojos.)

Pues sí, yo también he sentido que nos reconocíamos esta mañana en la estación.

Ja, dice él. Qué graciosa.

Nos reímos como idiotas.

Es la risa más maravillosa del mundo.

(Siento que tendríamos que reconocernos siempre, cada vez que bajamos de un tren, si es que no íbamos en el mismo, viajando juntos en la misma dirección.)

Lo digo en voz alta.

Siento que tendríamos que reconocernos siempre, cada vez que bajamos de un tren, si es que no íbamos en el mismo, viajando juntos en la misma dirección.

¿Lo he dicho en voz demasiado alta?

Lo has dicho demasiado bajito, dice él. Ojalá hubieses gritado.

Llueve copiosamente cuando volvemos a hacer el amor y después oigo un gotear rítmico, pesado y constante, en ese sitio sobre la ventana donde la cañería está atascada. El ritmo se opone, y al mismo tiempo da sentido, al azar desordenado de la lluvia que lo envuelve.

Hasta ahora, no había sabido cuánto me gustaba la lluvia.

Cuando Paul baja a hacer café, me acuerdo de mí. Voy al cuarto de baño. Echo un vistazo a mi cara en el espejito.

Voy a la habitación de Anthea, donde está el espejo grande. Me siento al borde de la cama y me obligo a mirarme con detenimiento.

La talla pequeña ya me viene grande.

(Veo huesos aquí, aquí, aquí, aquí y aquí.)

(¿Eso es bueno?)

De vuelta a mi habitación, veo mi ropa en una silla. Recuerdo las prendas vacías del monumento conmemorativo, hechas para que parezcan blandas aunque son de metal.

(Durante mucho tiempo me ha parecido más importante cómo sienta la ropa que quien está dentro de ella.)

Oigo a Paul en el cuarto de baño. Enciende la ducha.

Paul me enciende, y no solo a mí. Es capaz de encender todo lo que le rodea. Ja, ja.

Me gusta la idea de que Paul esté en mi ducha. A saber por qué, la ducha ha sido el lugar de mis reflexiones y mis preguntas desde la adolescencia. Todos los días, no sé desde cuando, me he pasado esos pocos minutos bajo el chorro hablando a la nada como hacíamos cuando éramos pequeñas, Anthea y yo, arrodilladas al pie de nuestras camas.

(Por favor, hazme de la talla correcta. De la forma correcta. La clase correcta de hija. La clase correcta de hermana. Alguien incapaz de sentir desconcierto o tristeza. Alguien cuya familia se haya mantenido unida, que no se haya roto. Alguien que simplemente se sienta *mejor*. Por favor, haz que las cosas mejoren. ESO DEBE CAMBIAR.)

Me levanto. Llamo a comisaría.

El hombre que me atiende es increíblemente informal.

Ah, sí, dice. A ver, ¿quieres hablar con una de las recaderas, con uno de los recaderos o con uno de los siete enanitos? ¿Con quién te pongo? ¿Tenemos a Mudito, Mocoso, Gruñón, Tímido, Dormilón, Winnie y otro más cuyo nombre tendré que consultar.

Me gustaría hablar con mi hermana Anthea Gunn, por favor, le digo. Y déjese de insolencias con su sobrenombre.

¿Con su qué?, dice él.

Dentro de muchos años, usted y el cuerpo de policía de Inverness no serán más que una lista de nombres polvorientos encerrados en un viejo lápiz de memoria. Pero las recaderas, los recaderos. Serán leyenda.

Ajá, dice él. Bueno, si cuelga ahora, señorita Gunn, haré que su hermana pequeña la llame en un segundito.

(Me planteo presentar una queja formal mientras espero a que suene el teléfono. *Yo soy la única persona que puede reírse de mi hermana*.)

¿Dónde estabas?, dice ella cuando respondo.

¿Anthea, de veras crees que cambiarás el mundo ni que sea un poquito poniéndote un nombre raro y haciendo lo que has estado haciendo? ¿De verdad crees que con unas pocas palabras contribuirás mínimamente a cambiar todas las infamias y todo el sufrimiento y toda la injusticia y todas las privaciones?

Sí, dice.

Vale. Bien.

¿Bien? ¿No estás enfadada? ¿No estás muy furiosa conmigo?

No.

¿No? ¿Estás mintiendo?

Pero creo que tienes que mejorar la parte de esquivar a la policía.

Sí, ya, me dice. Estamos en ello.

Tú y la chica con alitas en los talones.

¿Te estás metiendo con Robin? Porque en tal caso volveré a burlarme de tu moto.

Ja, ja, le digo. Puedo dejarte uno de mis cascos, si quieres. Pero no creo que lo quieras, porque no tienen alas como el casco de Robin.

¿Eh?, dice.

Es una referencia. A una fuente.

¿Eh?, dice.

No digas eh, di perdona o disculpa. Me refiero a Mercurio.

¿A quién?

A Mercurio, le digo. Ya sabes. El recadero. El mensajero. Con alas en los talones. Espera, iré a buscar mi *Diccionario de mitolo*...

No, no, Midge, no vayas a ningún lado. Escucha. No me queda mucho tiempo al teléfono. No se lo puedo pedir a papá. Robin no se lo puede pedir a nadie. Ayúdanos a salir esta vez. Por favor. No volveré a pedírtelo.

Lo sé. Debes de estar desesperada por salir de ese *kilt*, le digo, y me echo a reír de nuevo.

Oye, cuando dejes de encontrarte tan graciosa, sería estupendo que *pudieras* traerme una muda de ropa.

Pero ¿habéis estado bien, estáis bien las dos?

Estamos bien. Pero si pudieras, como he dicho, solo, eeh, con carácter urgente, justificar ante el gran jefe Dominorm o quien sea una ausencia de media hora y desconectar del imperio Pure el tiempo suficiente para venir aquí y pagar nuestra fianza... Te devolveré el dinero. Te lo prometo.

No tendrás más remedio, le digo. Porque estoy desempleada.

¿Qué?

No tengo trabajo, le digo. Ya no soy pura Pure.

¡No! ¿Qué ha pasado? ¿Qué ha ido mal?

Todo y nada es lo que ha pasado, le digo. Y en Pure todo va mal. Todo en el mundo va mal. Pero eso ya lo sabes.

¿En serio?, dice.

139

Palabrita de honor, le digo.

Vaya. ¿Cuándo ha pasado?

¿Cuándo ha pasado qué?

El milagro. El cambio celestial de mi hermana por ti, quienquiera que seas.

Un vaso de agua ofrecido con amabilidad, eso fue lo que pasó, le digo.

¿Eh?

Deja de decir eh. He pensado que nos acercaremos paseando dentro de un ratito...

¿Puedo recalcar la palabra urgente?, dice.

Aunque creo que primero pasaré por un vivero para comprar algunas semillas y bulbos...

Urgente urgente urgente urgente, dice.

Y luego puede que pase el resto de la tarde y del anochecer a orillas del río...

URGENTE, grita mi hermana al teléfono.

... plantando un buen par de eslóganes que aparecerán misteriosamente en la hierba cuando llegue la primavera. LA LLUVIA PERTENECE A TODOS. O también: ESO DEL SEGUNDO SEXO NO EXISTE. O también: DEBI GLIORI = PURA VIDA. Algo así.

Ah, qué buena idea, dice ella. Plantar eslóganes en la orilla del río. Es una idea fantástica.

También creo que te enrollas demasiado, le digo. Usas frases demasiado largas. Tienen que ser más simples. Necesitas la ayuda de alguien que sepa de eslóganes. Necesitas ayuda creativa...

¿Ese creativa va con c minúscula o con C mayúscula?, dice.

… y ya que hablamos de eslóganes, ¿sabías que…? Midge, ven a ayudar. En plan ahora mismo. Y que no se te olvide traerme la ropa.

¿… la palabra eslogan viene del gaélico? Es una palabra con una historia interesantísima…

No, no, no, por favor no empieces ahora con todo ese rollo del «uso adecuado de la palabra correcta de forma apropiada no inapropiada», y ven a sacarnos de aquí, ¿vale, Midge? ¿Midge? ¿Estás ahí?

(¡Ja, ja!)

¿Cuál es la palabra mágica?, le digo.

ahora todos juntos

Me casé con él/ella, lector/a.

Hubo un final feliz. Voilà.

No estoy diciendo que celebramos una ceremonia civil. No estoy diciendo que nos convertimos en pareja de hecho. Estoy diciendo que hicimos lo que sigue siendo imposible después de tantos siglos. Estoy diciendo que hicimos lo que sigue siendo un milagro hoy en día. Estoy diciendo que nos casamos. Estoy diciendo que ya llegaron las novias. Estoy diciendo que desfilamos por el pasillo nupcial. Estoy diciendo que dimos el paso, cantamos y bailamos, lo celebramos con Mendelssohn y el *Epithalamion* y levantamos, carpinteros, la viga del tejado, porque no había otra novia, o novio, como ella para compararlo. Nos coronamos con guirnaldas de flores. Pisamos las copas de vino envueltas en lino. Saltamos por encima de la escoba. Encendimos las velas. Cruzamos los palos. Dimos vueltas alrededor de la mesa. Dimos vueltas alrededor de la otra. Nos dimos miel y nueces servidas con cucharas de plata; servimos té y sake y nos endulzamos el té; nos dimos yogur *borjani* cubierto con un bonito paño; ofrecimos limón, vinagre, cayena y miel, por cada uno de los cuatro elementos. Unimos nuestras manos y pedimos la bendición del aire, del fuego, del agua y de la tierra; enlazamos nuestras muñecas con hierba, con cinta, con un cordel de plata, con una sarta de conchas; vertimos agua en el suelo en las cuatro direcciones del viento y convocamos a nuestros ancestros como testigos, ¡así sea! Nos entregamos nueces de cola para simbolizar nuestro compromiso, huevos, dátiles y castañas para simbolizar la integridad, la abundancia y la fertilidad, y trece monedas de oro como símbolo de la generosidad inquebrantable. Con estas alianzas nos desposamos.

Lo que estoy diciendo es. Allí, bajo los árboles, un agradable día de primavera a orillas del río Ness, esa negra y veloz espina dorsal de una ciudad del norte de Escocia; allí, rodeadas de iglesias presbiterianas, unimos nuestras manos en matrimonio bajo los árboles en flor y nos entregamos la una a la otra para amarnos, consolarnos, respetarnos, cuidarnos y honrarnos en lo bueno y en lo malo, en la salud y en la enfermedad, todos los días de nuestra vida hasta que la muerte nos separe.

Ness dije Ness sí quiero Ness.

Al aire, a la nada que allí había, con el río como testigo, nos dimos el sí. Dijimos sí quiero. Dijimos que sí, queríamos.

Creíamos que estábamos solas, Robin y yo. Creíamos que no había nadie más bajo los árboles de la catedral. Pero en cuanto pronunciamos nuestros votos oímos gritos de alegría detrás de nosotras, y al volvernos vimos a toda la gente, cientos de personas que aplaudían y vitoreaban, lanzaban confeti, saludaban y nos felicitaban.

Vi a mi hermana en primera fila con su media naranja, Paul. Estaba feliz. Sonreía. Paul parecía feliz. Se estaba dejando el pelo largo. Mi hermana me señaló con gestos, como si le pareciera increíble, a una pareja cercana —¡mira!, ¿eran ellos?— sí, lo *eran*, nuestro padre y nuestra madre, los dos, estaban juntos y no discutían, hablaban muy civilizadamente, y brindaron con sus copas mientras los miraba.

Están hablando de lo inapropiada que es la boda, dijo Midge.

Asentí. La primera vez en años que coinciden en algo, dije.

Todas las personas del resto del cuento también estaban aquí; Becky de Recepción; las dos becarias, Chantelle y su amiga Lorraine; Brian, que salía con Chantelle; y la madre de Chantelle, que no había aparecido en la historia como tal pero estaba claramente embelesada con Brian; muchos trabajadores de Pure, entre ellos los guardias de seguridad que habían arrestado a Robin, que saludaron y sonrieron. No estaban ni Norman ni Dominic, ¿se llamaban así? Los habían ascendido al Campamento Base y no habían venido, al menos no que yo viese, ni tampoco el jefe supremo, Keith, no recuerdo haberlo visto. Pero sí vino todo el personal del ayuntamiento y también algunos empleados de otros lugares en cuyas paredes habíamos escrito: el teatro, el centro comercial, el castillo. Asistió un coro masculino del Cuerpo de Policía de Inverness, que cantó un bonito arreglo de canciones de Gilbert y Sullivan. Luego el coro femenino de la Policía de Inverness cantó un arreglo coral, también precioso, de Don't Cha (Wish Your Girlfriend Was Hot Like Me). Después la alcaldesa pronunció un elocuente discurso. Inverness, dijo, una ciudad antes célebre por su fe en inesperadas criaturas ancestrales de las profundidades, es ahora famosa por algo nuevo: por la justicia, por el arte y por el arte de la justicia. Inverness, reconocida ahora mundialmente por sus obras de arte público humanas y estimulantes, ha cuadriplicado el número de turistas. Miles de personas viajan expresamente hasta aquí para ver las exposiciones públicas. Y no solo *Antiques Roadshow*, sino también *Songs of Praise, Question Time, Newsnight Review* y muchos otros programas de televisión han contactado con el ayuntamiento para grabar delante de las famosas paredes con eslóganes. El arte de Inverness quizá haya generado imitaciones en otros pueblos y ciudades, pero nada comparable con el de la ciudad cuyo nuevo lema, el lema que la define y que aparecerá inscrito en todas las vallas de todos los puntos de acceso, será de ahora en adelante: *Cien mil bienvenidas, y cuando veas una injusticia, ¡escríbela! Ceud Mile Failte! Côir! Sgriobh!* Un eslogan espantoso, le dije a Robin en privado. Se lo inventó tu hermana, dijo Robin. Acabará trabajando como Creativa Municipal.

¿Dónde está tu familia?, le pregunté. Robin los señaló. Estaban junto a la mesa de las bebidas con Venus, Artemisa y Dioniso; sus padres tenían en brazos al bebé Cupido, problemático debido a las flechas (de hecho, después habría cierto alboroto porque Lorraine se cortó el dedo con la punta de una flecha, y más problemas incluso cuando al atardecer encontraron a Artemisa y Chantelle río abajo, disparando flechas a los conejos del prado próximo al castillo; como Chantelle era muy miope, hubo que indemnizar a los conductores de cuatro coches, y también consolar a Brian cuando Chantelle hizo un voto de celibato eterno, por lo que a fin de cuentas fue una suerte que la madre de Chantelle la hubiese acompañado.)

Después llegaron los discursos y Midge leyó las disculpas de quienes no habían podido asistir, entre ellos el monstruo del lago Ness, que nos envió una vieja y oxidada sonda submarina, algunas fotos suyas firmadas y un precioso juego de cuchillos de plata para pescado; también nos llegó un telegrama-poema de John Knox, enmarcado mitad en dorado y mitad en negro, que lamentaba no poder acompañarnos ni siquiera en espíritu:

Un brindis por vosotras,
¿quién se os puede asemejar?
Más de las que puedo contar
y en el Infierno arderán.
Pero qué voy a decir hoy,
en este día de boda,
así que alzad vuestras copas
¡y desead lo mejor a este par!

Siguieron los brindis y los buenos deseos. Riquezas y honores en esta boda, y al amor que se prolonga. Sed felices cada hora, nos bendijo Juno ahora, hasta que todos los mares se sequen y al sol se fundan las rocas. Que jamás se agoste nuestro eterno estío. Que salga siempre a nuestro encuentro el camino, y que Dios nunca nos deje en vilo. Un perro que iba a dos patas bebía demasiado *whisky*. Una diosa tan majestuosa que debía de ser Isis se pasó toda la recepción creando nuevos invitados de barro. Una preciosa pareja griega se acercó con elegancia y nos estrechó la mano; también acababan de casarse, dijeron, ¿y cómo habían ido los preparativos de nuestra boda? ¿Había sido tan desquiciante como la suya? ¡Hasta llegaron a creer que no lo conseguirían! Pero al final lo habían logrado, eran felices y nos deseaban toda la felicidad del mundo. Nos dijeron que pasáramos la luna de miel en Creta, donde nos recibirían sus familias, y eso es exactamente lo que hicimos Robin y yo después de la boda, nos largamos pitando a la isla calurosa alfombrada de flores silvestres, mejorana, salvia y tomillo, sus rocas partidas por la fuerza de unas diminutas flores de color blanco, rosa y amarillo y, por todas partes, el aroma de las hierbas, la sal y el mar. Fuimos donde se había originado la historia de Ifis, nos plantamos entre las columnas pintadas de rojo del palacio restaurado, fuimos al museo a ver la pintura antigua reconstruida, reimaginada, de un o una atleta-acróbata —o los dos a un tiempo— tan ágil que podía saltar con una voltereta sobre el toro que embestía. Estuvimos allí donde habían vivido los civilizados, ricos y cultos caníbales minoicos antes de que la naturaleza los anegase al olvido, y pensamos en la historia que había surgido de sus rituales, la del sacrificio anual de siete muchachos y siete muchachas a la bestia con cabeza de toro, y del artista ingenioso, el hombre que inventó las alas humanas, que concibió una forma segura para que esos muchachos y muchachas salieran con vida del laberinto sangriento.

Pero de vuelta a la boda, la banda había empezado a tocar, y qué sonido tan magnífico, pues allí estaba el legendario violinista rubicundo que actuaba en las mejores bodas, y se había tomado una copa y había sacado su violín, era un hombre capaz de transformar madera curva y crin, tripa y resina, en un único mirlo y luego en una bandada de mirlos que cantaban juntos al atardecer, luego en un banco de salmones felices, en el regreso a puerto del barco tan esperado, en el deseo que aguarda en un lugar afortunado a que dos personas desconocidas se encuentren precisamente allí, donde las piedras reverdeccn, donde las fronteras se cruzan.

Era la canción del fluir de las cosas, la canción del río sin diques, y al violinista le acompañaba otro músico que, al tocar juntos, sacó de cualquier objeto que caía en sus manos (un silbato, un acordeón, un arpa, una guitarra, un viejo bidón de gasolina con su correspondiente palo o piedra) la clase de música que no solo hizo que los árboles y los arbustos se desarraigaran del suelo para acercarse a escuchar, sino que además alzaran sus hojas y ramas al cielo, hizo que todas las gaviotas aplaudiesen con las alas, hizo que todos los perros de las Tierras Altas de Escocia ladraran de contento, hizo que todos los tejados bailasen sobre las casas, hizo que todos los adoquines de la ciudad se pusieran de pie sobre uno de sus puntiagudos vértices y diesen una alegre pirueta, hizo incluso que la antigua catedral bailara y brincara sobre sus fijos cimientos.

Y entonces llegó, río arriba, el extraordinario barquito, remontando un río que nunca habían remontado otras embarcaciones, con sus puntales de fibra de vidrio asomando en la proa como los cuernos de una cabra o una vaca o una diosa, y su vela henchida y blanca recortada en los árboles y el cielo. Nunca sabremos cómo llegó desde el lago atravesando las islas y cómo hizo lo imposible, pasar bajo el puente colgante con toda la vela izada. Pero lo hizo, navegó por ese tramo del río y se detuvo justo debajo de donde estábamos, y allí al timón vi a nuestra abuela, y lanzándonos la cuerda para que la amarrásemos estaba nuestro abuelo. Robert y Helen Gunn habían vuelto del mar, a tiempo para la fiesta.

¡Percibimos en nuestras aguas que algo pasaba!, nos gritó nuestra abuela al pisar tierra firme. ¡No nos perderíamos esto por nada del mundo!

Bueno, chicas, ¿os habéis portado bien y el mundo se ha portado bien con vosotras? ¿Y qué tal la pesca? ¿Habéis pescado algo bueno? Ese era nuestro abuelo, que nos envolvía en sus viejos brazos y nos alborotaba el pelo.

Estaban más jóvenes que el día que habían partido. Estaban morenos y fuertes, unas líneas como las del tronco de un árbol les surcaban la cara y las manos. Conocieron a Robin. Conocieron a Paul. Los abrazaron como si fuesen familia.

Nuestra abuela bailó una danza tradicional canadiense con Paul.

Nuestro abuelo bailó una danza popular escocesa con Robin.

La música y el baile siguieron hasta altas horas de la noche. En realidad, el baile seguía cuando la noche acabó, regresó la luz y amaneció un nuevo día.

Ajá. Vale. Lo sé.

Ni en sueños.

Lo que estoy diciendo es que las dos nos plantamos en la orilla del río, bajo los árboles, y prometimos a la nada que había allí, a la nada que nos conformaba, a la nada que nos escuchaba, que deseábamos verdaderamente trascendernos.

Y ese es el mensaje. Fin. Ya está.

Círculos que se ensanchan en la superficie del lago donde se ha lanzado una piedra. Un vaso de agua ofrecido a un viajero sediento en el camino. Eso es lo que ocurre cuando las cosas se encuentran, se cruzan, se conocen; cuando, pongamos por caso, el hidrógeno encuentra al oxígeno, o una historia del pasado se cruza con una historia del presente, o una piedra conoce agua conoce chica conoce chico conoce pájaro conoce mano conoce ala conoce hueso conoce luz conoce oscuridad conoce ojo conoce palabra conoce mundo conoce grano de arena conoce sed conoce hambre conoce necesidad conoce sueño conoce realidad conoce igual conoce distinto conoce muerte conoce vida conoce final conoce principio y vuelta a empezar, la historia de la misma naturaleza, siempre ingeniosa, creando una cosa a partir de otra y transformando una cosa en otra, y nada perdura y nada se pierde y nada perece, y las cosas siempre pueden cambiar porque las cosas siempre cambiarán y siempre serán distintas, porque las cosas siempre pueden ser distintas.

Y siempre han sido las historias que necesitaban contarse las que nos han tendido la cuerda para cruzar cualquier río. Nos han mantenido en equilibrio para atravesar cualquier precipicio. Que nos han convertido en acróbatas. Nos han hecho valientes. Nos han acogido. Nos han transformado. Formaba parte de su naturaleza.

Y siempre habrá muchas otras historias que contar, me dijo nuestro abuelo al oído mientras se agachaba y metía una cálida piedra en mi mano, ahí estaba, lista para que la lanzara al agua.

¿A que sí, Anthea?

Sí, abuelo, le dije.

Agradecimientos

La historia de Lily la Incendiaria la he adaptado del relato de los años de juventud de Lilian Lenton que aparece en *Rebel Girls* de Jill Liddington (Virago, 2006).

El mito de Ifis forma parte del libro IX de las *Metamorfosis* de Ovidio. «¡Llevad vuestras ofrendas a los templos, feliz pareja, y regocijaos sin temor!». Es una de las metamorfosis más dichosas de toda la obra, una de las historias sobre el deseo y las ramificaciones del cambio con un desenlace más feliz.

Las estadísticas del capítulo cuatro proceden de Womankind (www.womankind.org.uk), una organización benéfica británica cuya razón de ser es dar voz, ayuda y derechos a mujeres sin recursos de todo el mundo.

He tomado la estructura retórica de una de las charlas de Keith de un artículo publicado en 2001 por el sociólogo J-P Joseph sobre la multinacional de gestión de agua Vivendi Universal, citada en *Blue Gold*, de Maude Barlow y Tony Clarke (Earthscan, 2002; *Oro azul*, Paidós, 2004, trad. de Isidro Arias). Los escritos de Vandana Shiva son otra buena fuente para empezar a entender lo que está ocurriendo en la actualidad en todo el mundo en cuanto a la política del agua, como también lo es *H2O: A Biography of Water* de Philip Ball (Weidenfeld & Nicolson, 1999; *H_2O. Una biografía del agua*, Turner, 2007, trad. de José Aníbal Campos), que entre otras muchas cosas maravillosas nos hace saber que «el agua es curva».

Gracias, Xandra. Gracias, Jeanette.
Gracias, Rachel, Bridget y Kasia.
Gracias, Robyn e Hiraani de This ASFC.
Gracias, Andrew, y a todos en Wylie's, sobre todo a Tracy. Gracias, Anya.

Gracias, Lucy.

Gracias, Sarah.

Nota de la traductora

Chica conoce chico surge como contribución a The Myths, una colección de la editorial británica Canongate donde autores célebres escriben una reinterpretación contemporánea de un mito de su elección, en formato de novela corta. Ali Smith eligió el mito de Ifis, uno de los pocos con final feliz de las *Metamorfosis* de Ovidio, autor omnipresente en el imaginario smithiano, como también lo son otras figuras y referentes que aparecen tanto en esta como en otras novelas de la autora. La obra de Smith está formada por un rico tejido de juegos de lenguaje y exuberante intertextualidad que hace malabares con la mitología clásica y local, la literatura, el arte en todas sus formas y referentes de la cultura popular que, más que aparecer de forma explícita o velada en el texto, constituyen el texto en sí.

Desde el punto de vista de la traducción, los juegos de palabras pueden adaptarse (con mayor o menor fortuna) y gran parte de las alusiones y referencias intertextuales siguen presentes de forma directa o indirecta; sin embargo, hay citas que inevitablemente se desdibujan. Las notas a pie de página resultarían abrumadoras, por excesivas, y restarían espontaneidad a la novela, pero es una lástima que esas citas pasen inadvertidas, por lo que se indican a continuación para que quien así lo desee pueda identificarlas y localizarlas.

Pág. 31. Las reflexiones de Anthea sobre la incesante lluvia escocesa se hacen eco del tema *Eight Days a Week* de los Beatles, si bien ella sustituye los ocho días de amor por ocho días de lluvia.

A continuación cita unos versos de la canción con la que Feste, el bufón, concluye la obra *Noche de Reyes* de Shakespeare, si bien aquí el mocito se transforma en mocita.

El poema *Si*, de Rudyard Kipling, aparece con una vuelta de tuerca (y de género) en su frase final.

«Furia prodigiosa, qué bien suena» es un guiño al himno *Amazing Grace*, de John Newton.

Pág. 33. «Barco número dos su tiempo se acabó» es una alusión a la frase «Come in number seven, your time is up» de la película de los Beatles *Qué noche la de aquel día*. Después Pink Floyd titularía *Come in Number 51, Your Time Is Up* uno de sus temas para la película *Zabriskie Point* y, para rizar el rizo, la película de James Bond *El mundo nunca es suficiente* titularía *Come in 007, Your Time Is Up* su tema principal.

La imagen de los delfines y la compañía de las olas puede leerse en *Noche de Reyes*, de Shakespeare (acto I, escena 2).

Pág. 34. Las cincos brazas de profundidad remiten a la «Canción de Ariel» en *La tempestad* de Shakespeare.

Pág. 35. La canción infantil de la que habla Anthea es *The North Wind Doth Blow*.

Pág. 52. La canción que canta una de las becarias es *Donald, Where's Your Troosers*, de Andy Stewart, una reflexión divertidísima sobre las bondades de llevar *kilt*.

Pág. 85. El poema al que hace referencia la autora es *The Force That Through The Green Fuse Drives The Flower*, de Dylan Thomas.

Pág. 104. La frase sobre la flor amarilla y la barbilla es una referencia a una tradición popular británica: si te pones un botón de oro (*buttercup*) bajo la barbilla y proyecta un reflejo dorado en la piel (son flores amarillas con curiosas propiedades reflectantes), eso indica que te gusta la mantequilla (*butter*).

Pág. 145. Esta primera frase del último capítulo de la novela es también la primera frase del último capítulo de *Jane Eyre*, si bien de nuevo aparece aquí con una (o dos) vueltas de tuerca y de género.

El párrafo siguiente engarza citas de varias obras que tratan el tema de las nupcias:

Màiri Bhàn (la boda de Màiri), una canción popular escocesa.

El *Epithalamion*, oda nupcial escrita por Edmund Spenser a su esposa.

Levantad, carpinteros, la viga del tejado es el verso inicial de un breve poema de Safo que también es un epitalamio, o canto nupcial. J. D. Salinger tomaría ese verso como título de una novela corta que también habla de una boda, aunque en este caso el novio no hace acto de presencia.

Pág. 146. La última frase de *Ulises*, de James Joyce, aparece aquí con un giro muy escocés. O de cuánto se parecen Yes y Ness.

Pág. 150. Las primeras líneas de un brindis escocés, «Here's tae ye/Wha's like ye», se transforman en el inicio de un poema-telegrama.

La bendición de Juno está tomada de Shakespeare, *La tempestad* (acto IV, escena 1).

«Hasta que todos los mares se sequen y al sol se fundan las rocas» pertenece al poema *A red red rose*, del poeta escocés Robert Burns.

La mención al eterno estío aparece en el soneto XVIII de Shakespeare.

Y la bonita frase sobre el camino que sale a nuestro encuentro está tomada de una conocida bendición irlandesa, que empieza «May the road rise up to meet you».

Índice

yo ...15
tú ...55
nosotras ...83
ellos ...107
ahora todos juntos ...143
Agradecimientos ...157
Nota de la traductora ...159

Esta edición de *Chica conoce chico*, compuesta en tipos AGaramond 13/17 sobre papel offset Natural de Vilaseca de 90 g, se acabó de imprimir en Salamanca el día 23 de abril de 2022, aniversario del nacimiento de William Shakespeare

Otros títulos de Ali Smith en Nórdica

La historia universal

Otoño

Invierno

Primavera

Verano